「オルン、私のものになりませんか？」
王城へと呼び出された俺は、
そのままとある一室へと案内され、
先に部屋に居た女性とテーブルを挟んで対面していた。
ルシラ・N・エーデルワイス

「か……、可愛い！
すっごく可愛いよ、
お姉ちゃん！」
しばらく静かだったソフィアが、
堰き止められていた感情が
爆発したかのように目を輝かせながら、
上機嫌な声を上げていた。
ソフィア・クローデル

「そ、そうか？」
「うんうん！本当に可愛い！ね、ね！『にゃ～』って言って！」
セルマ・クローデル

シオン・ナスタチウム
そのまま右腕を振り下ろし、
杖を化け物に向けながら魔法を発動する。
「――【霏霏《ストレイフ》】」

勇者パーティを追い出された器用貧乏
～パーティ事情で付与術士をやっていた剣士、万能へと至る～
5
Author 都神樹
Illust. きさらぎゆり

Contents

イラスト／きさらぎゆり
デザイン／ムシカゴグラフィクス
編集／庄司智

プロローグ　なおも愚者は踊り続ける

ノヒタント王国へと侵攻した帝国の皇太子であるフェリクス・ルーツ・クロイツァーは、国境にほど近い王国の町ルガウにて、ラザレス・エディントンと賠償などについての話をしたあと、大急ぎで帝都へと帰還した。

帝城の中を歩いている彼の表情は、見る者を畏怖させるほどに険しいものとなっている。

そのまま早足で城の奥へと進んでいき、目的の部屋の扉を勢い良く開けた。

その部屋の中では、帝国の現皇帝であるヘルムート・ルーツ・クロイツァーと、皇帝直轄である魔導兵器開発室で二年ほど前から室長を任されているオズウェル・マクラウドが会話をしていた。

その二人が、扉の方へと視線を向ける。

「殿下、ここは皇帝陛下の執務室ですよ？　ノックも無しに入るのは、いくらご子息だとしてもいただけませんねぇ」

部屋に入ってきた人物を確認したオズウェルが苦言を呈する。

「オズウェル？　何故《なぜ》いつも研究室に引きこもっているお前がここに居る？」

「引きこもっているなんて心外ですね。俺は日夜この国のために、身を粉にして働いているというのに。それに俺だって外に出ますよ。現にこうしてここに居るじゃないですか」

「……今から父上と大切な話がある。席を外してくれ」

「お断りします。俺も今、陛下と大切な話をしているところですので。ですよね？　陛下」

「その通りだ。お前はいつからそこまで偉くなったんだ？　それにルガウへの侵攻はどうした？」

オズウェルの言葉に同意した皇帝が、険しい表情でフェリクスを叱責する。

「……無礼であったことはお詫《わ》びします。しかし、話というのは、まさにそのルガウへの侵攻の件です」

「はぁ……。やはりオズウェルの言うとおりになったか……」

フェリクスがルガウへの侵攻について口にすると、皇帝が深いため息を零《こぼ》した。

「誠に遺憾ながらそのようですね。陛下、いかがいたしましょうか」

「ま、待ってください！　一体何の話をしているのかは分かりませんが、俺の話を聞いてください！」

皇帝とオズウェルの雰囲気から、状況が自分にとって分の悪い方向へと進んでいることを察したフェリクスが、焦りながらも口を開く。

「陛下、この者の話を聞いてはいけませんよ。言葉に耳を傾けるために気を抜いた瞬間、寝首を掻《か》く算段かもしれません」

「な、なに、を……。っ！　オズウェル！　やはりお前か！　父上に何を吹き込んだ!!」

「人聞きの悪いことを言わないでくださいよ。状況が悪くなったら、次は俺を悪者に仕立て上げるつもりですか？」

「ふざけるな！　悪者も何も、お前がこの国に来てからだろ！　父上がこのようになってしまったのは！」

「言いがかりですね。それにその発言は陛下への侮辱になりますよ？　あぁ、陛下を殺そうと、い、い、いる殿下にとっては関係が無いということですね。いやはや、ここまで増長してしまうとは。これは、西の大迷宮を攻略して天狗《てんぐ》になっていた殿下を諌《いさ》めることができなかった我々の責任でもありますね。陛下、申し訳ありません」

「お前が謝ることではない。愚息の心が未熟であっただけの話だ。フェリクス、最後の温情だ。オズウェルに誠心誠意謝りなさい。そうすればお前を軟禁することで、先ほどの無礼の数々には目を瞑《つぶ》ろう」

「なっ⁉　……本気で言っているんですか？　父上、よく思い出してください！　コイツがこの国にやってきてから推進してきたこれまでのことを！　コイツは、……ぐっ、なんだ、急に――――」

懸命に皇帝に言葉を投げかけていたフェリクスが、突然顔を顰《しか》めながら頭を押さえ始める。

その直後、魔力が尽きた魔導具のように、プツンと意識を失って倒れた。

「……よくやった、フィ、リ、ー、」

いきなり意識を失ったフェリクスを見た皇帝が、彼の意識を刈り取った人物に労《ねぎら》いの言葉を掛ける。

すると部屋の隅の空間が揺らぎ始め、【潜伏《ハイド》】で身を隠していたフィリー・カーペンターが姿を現した。

「勿体《もったい》なきお言葉に存じます、皇帝陛下」

「これでコイツは余の忠実な僕《しもべ》になったのか？」

「いえ、今は眠らせているだけです。これから洗脳を施して陛下の命令を実行するだけの人形に仕立て上げますので、少々お時間をくださいませ」

「良《い》いだろう。お前に任せる」

「ありがとう存じます」

「ひとまず作戦は成功ですね、陛下。これで反乱を企てていた不穏分子の筆頭を排除しつつ、最強の手駒を手に入れることができました」

皇帝とフィリーの会話が一段落ついたところで、オズウェルが満足げに口を開いた。

「あぁ。それにしても、その洗脳の異能は便利だな。これからも余のために力を尽くしてくれ」

「当然でございます。この力がヘルムート様の覇道の礎になれることこそ、わたくしの至上の喜び。これからも貴方《あなた》様は愚鈍《その》なまま覇道を突き進んでくださいませ」

皇帝の言葉に首を垂《こうべ》れるフィリーが口を開く。——伏せたその顔に、悪意に満ちた笑みを浮かべながら。

「当然だ。帝国が世界に覇を唱えるまで、止まる気は毛頭無い」

《シクラメン教団》に唆された帝国の凶行は、まだ始まったばかりであった——。

第一章　移ろいゆくもの

◇　◇　◇

「オルン、私のものになりませんか？」

王城へと呼び出された俺は、そのままとある一室へと案内され、先に部屋に居た女性とテーブルを挟んで対面していた。

煌《きら》びやかなドレスに身を包んでいる彼女の名前は、ルシラ・N・エーデルワイス。童顔ながらも整った顔立ちに、陽の光に照らされて輝く金髪と、紅色の瞳をしている。

そんな彼女は、ノヒタント王国国王の一人娘、つまりは王女様だ。

王族から呼び出しを受けたのだから、何かしら無理難題を言われるかもと予想はしていた。だが彼女の口からは、その予想を容易に飛び越える内容が発せられた。

「…………」

「実は私、オルンの大ファンなのですよ。《黄金《おうごん》の曙光《しょこう》》を南の大迷宮の九十四層まで導き、そして《夜天《やてん》の銀兎《ぎんと》》加入直後に九十三層到達、更に九十二層のフロアボスを単騎で討伐。過去に類を見ない素晴らしい実績だと思います」

「……恐縮です」

「私もそろそろ身を固めないといけない歳《とし》になってしまって、周りからそれについてとやかく言われることに辟易《へきえき》していまして。私、恋愛結婚というものに興味があるのです。愛し合う者同士の結婚、素敵じゃないですか？」

いきなりの展開に置いてけぼり感が否めないが、そんな俺の反応を敢《あ》えて無視して、いや愉《たの》しんで？　ルシラ殿下はなおも話を続ける。

「先ほどの実績に加えて、三ヵ月前の帝国侵攻における働き。オルンが騎士爵位を賜るには充分な功績でしょう。どうですか？　私の騎士になりませんか？　オルンならその後の陞爵《しょうしゃく》も叶《かな》うでしょう。険しい道ですが、それが私たちの愛を育む試練になってくれるかもしれませんしね」

ころころと笑いながら語るルシラ殿下。

彼女の雰囲気からは、どこまで本気で言っているのか判断が付かない。

「お戯れを。私ごときがルシラ殿下の隣に立つなど恐れ多いです」

「ふふっ、オルンにその気があるなら、私が誰にも文句を言わせません。私はこれでも王族の末席に連なっていますからね。政《まつりごと》にはほとんど参加していませんが、そ、こ、そ、こ、の影響力は持っているのですよ？」

相も変わらず真意の読めない笑みを浮かべながら、なかなか物騒なことを口にする。しかし、その声は自信に満ちていて、彼女なら本当にやりかねないと思ってしまう何かがあった。

……いや、流石《さすが》に俺をからかっているだけだよな？　だが、このまま彼女を自由にさせたら危険な気がする。気が付いたら外堀を埋められるような……。

「ルシラ殿下にお仕えできることは大変光栄なことと存じておりますが、申し訳ありません、やはり私には探索者が性に合っておりますので」

　俺がはっきりと断ると、ルシラ殿下は表情を変えることなく、

「そうですか。そこまで言われては仕方ありませんね。今回は諦めることとしましょう」

　あっけらかんと答える。

　しかし、『今回は』ということは、次回もあるってことだよな。今の内から次の断り文句を考えておこう。

　こんな綺麗《きれい》な女性から好意を持たれることは純粋に嬉《うれ》しいが、やはり俺としては今まで通り気ままに探索者をやっていたい。

　ひとまず諦めてくれたことにホッとしていると、

「殿下、グラエムです」

　扉からノック音がして、続いて男の声が聞こえてきた。

　それを聞いたルシラ殿下が「時間通りですね」と呟《つぶや》くと、壁際に控えていた侍女と視線を交わしてから頷《うなず》く。

　侍女が扉を開けると、二人の男が部屋の中に入ってきた。

一人目は五十代後半の老人だ。鋭い目をした、如何《いか》にも人の上に立っていそうな人物といった印象を受ける。

もう片方は長身で筋肉質な四十半ばの男だった。佇《たたず》まいや視線の動きから察するに、老人の護衛といったところか。にしても全く隙が無い。この人、かなり強い。まず間違いなく【封印解除《カルミネーション》】無しでは全く歯が立たないだろうな。

「よく来てくれました、アザール公爵」

ルシラ殿下に『アザール公爵』と呼ばれた老人の表情が、まるで朗らかに孫娘を見ているかのようなものへと変わった。

「ルシラ殿下がお呼びとあらば、どこに居ようともすぐに馳《は》せ参《さん》じますよ」

「ふふっ、心強いです！」

「――して、彼が？」

アザール公爵がルシラ殿下との挨拶を終えると、こちらに鋭い視線を向けてきた。

「流石、耳が早いですね。そうです、こちらが探索者クラン《夜天の銀兎》に所属しているオルン・ドゥーラさんです。――オルン、こちら王国中央軍総督であるアザール公爵と、王国中央軍近《こ》衛《の》部《え》部隊隊長のウォーレン・ヘイズさんです」

ルシラ殿下が、部屋に入ってきた二人を紹介してくれた。

老人の方は、公爵と呼ばれていたから中央軍の総督と言われてもそこまで大きな驚きはない。

しかし、もう一人の人物の方にはかなり驚いた。そりゃあ強いわけだ。

「初めまして、オルン君。中央軍の統括を任されているアザール公爵家のグラエムだ。会えて光栄だ」

「初めまして、アザール公爵。オルンと申します。こちらこそお会いできて光栄です」

アザール公爵が自己紹介をしながら手を差し出してきたため、その手を軽く握りながら返答する。しかし、会って早々平民の俺に公爵家の人間が握手を求めてくるとは。これは敬意を払われていると考えるべきか？

アザール公爵との挨拶を終えると、後ろに控えていたウォーレンさんが前に出てくる。

「ウォーレン・ヘイズだ。お前に会えると聞いて、アザール公爵に付いてきちまった。よろしくな、オルン」

ウォーレンさんが人懐っこい笑みを浮かべながら自己紹介をしてくる。

「私も嬉しく思います。かの《守護者》ウォーレン様にお会いできるとは思っていませんでしたので」

「へぇ、俺のことを知っているのか」

「当然です。私が尊敬している探索者のお一人なのですから」

俺がウォーレンさんを知っている理由は至って単純。俺やオリヴァーが《勇者》と呼ばれる前の勇者パーティ《金色の残響》のリーダーだったからだ。

つまり簡単に言うなら、俺の大先輩ということになる。

とはいえ、俺が探索者になったころには、既にウォーレンさんは中央軍に籍を置いていた。現在の王国最強候補筆頭は間違いなく彼だろう。

余談だが、昨年亡くなった《夜天の銀兎》の元エースであったアルバートさんも、当時は《金色の残響》に所属していた《勇者》だった。

「今の若い奴《やつ》らは俺のことなんて知らないと思ってたから、純粋に嬉しいな！　まぁ、『王国の英雄』に尊敬していると言われるとこそばゆいが」

「それでは皆さん、立ち話もなんですからこちらへどうぞ」

それぞれの挨拶が終わったタイミングで、ルシラ殿下が先ほどまで俺たちが話をしていたテーブルへと案内をする。そこには新たに二つの椅子が追加されていて、俺たちは四人でテーブルを囲んだ。

「それでは、少しだけ真面目な話をさせてもらおうか」

しばらく四人で談笑していたところで、アザール公爵が真剣な表情で口を開いた。

その声に緩んでいた空気が引き締まる。

「まだ公になっていないことだが、来月早々に帝国と三ヵ月前の侵攻の件で帝国の地で会談を行う予定になっている」

来月早々か。今日が十二月七日だから、会談は年明けになるというわけだな。

「そして、帝国はその会談の場に国王陛下に出席するように言ってきている」

「それは、なんとも身勝手な要求ですね」

三ヵ月前の帝国の侵攻は、不可侵条約を結んでいたにもかかわらず、それを無視して強硬手段に出た帝国に非がある。

この件についてはノヒタント王国だけでなく、その周辺諸国も帝国を非難している状況だ。

王国としても、既に仮想敵国として認識しているところに、わざわざ国王を向かわせるわけも無いだろう。

「オルン君の言う通りだ。ここ最近の帝国は目に余る。しかし、問題はそこじゃない。問題は国王陛下が、その話に応じて自ら帝国に向かうと言っていることだ」

「……流石に危険すぎるのでは？」

「私も同じ考えだ。しかし残念ながら、陛下自ら帝国に向かうのはほぼ決定的な状況だ」

「……それで、何故《なぜ》そのような話を私にされたのでしょうか？」

アザール公爵が、俺に何を言ってくるのか薄々感づいてはいるが、念のため問いかける。

「来月の会談には、ウォーレンをはじめとした近衛部隊の精鋭たちを護衛に付かせるつもりだ。しかし、念には念を入れておきたい。そこで、《英雄》を退けられるだけの力を持っているキミにも同行してもらいたいと考えている」

やはり、そういう内容か。

基本的に探索者は国政に関わることはしない。加えて今の俺は《夜天の銀兎》の一員だ。この依頼を受けてしまえば、それは俺個人ではなくクランと国との問題になってしまう。

「…………」

「アザール公爵、オルンは私のものです。私の騎士になってもらう予定なのですから、中央軍には渡しませんよ！　ですよね、オルン？」

俺がどのように返答しようかと考えていると、それを察してかルシラ殿下が茶化すようにフォローをしてくれた。

「はい、申し訳ありません。と言ってもルシラ殿下の騎士になる予定も今はございませんが」

ルシラ殿下が作ってくれた空気に乗っかるようにして、アザール公爵の提案を断る。その際に改めてルシラ殿下の方にも断りを入れると、彼女はころころと笑いながら、「あらら、またフラれてしまいました」と愉しげに呟いていた。

「アザール公爵、以前も言ったと思うが、探索者を取り込もうとするのは、あまりお勧めしないぞ」

ルシラ殿下のフォローのおかげで話が一段落着いたところで、ウォーレンさんが口を開いた。

「探索者ってのは『自分の力を試してみたい』なんて思ってる連中ばかりだ。無理やり力で押し付けたりしようとすると、反発する奴の方が多い。それに、オルンは常識的な奴だが、中には腕っぷしだけの粗野な人間もかなり多いからな。命令に従わない奴だって出てくるかもしれねぇぞ」

ウォーレンさんがアザール公爵に探索者について説明をしてくれた。

敢えて嘘《うそ》も混ぜて説明しているところをみると、俺を含めた探索者たちが国に良《い》いように取り込まれないようにと考えてくれているのかもしれない。

探索者と軍人どちらの立場も理解しているからこそ、それぞれの境界線を知っているのだろう。

もしかしたら、これまでも探索者《おれたち》は、知らず知らずのうちに彼に護《まも》られていたのかもな。

「しかし、《勇者》であったお前が、今では近衛部隊の隊長として活躍しているんだ。他にもそういう人間がいるかもしれないだろう？」

「全くいないとは言い切れねぇが、俺は例外だ。俺を基準に考えるのは止《や》めた方が良い。それと、これは俺個人の意見だが、軽く話した感じオルンには在野が似合う。無理やり中央軍に組み込むよりも、今まで通り好きにやらせた方が、結果的に国の利になるんじゃねぇか？」

「……なるほどな。ウォーレンの今の意見を加味して、もう一度吟味してみることにする。今のところは一旦オルン君のことは諦めるとしよう」

「お心遣い、感謝いたします」

「いや、こちらが性急すぎただけのことだ。済まなかった。これからもキミには期待している。今後も持ちつ持たれつで付き合っていければと思う」

「それは、勿論《もちろん》。私としても願ってもないお申し出でございます。今後ともよろしくお願い申し上げます」

◇　◇　◇

「お姉ちゃん、見て見て～。このぬいぐるみすっごく可愛《かわい》い！」

妹のソフィアが赤子くらいの大きさのある愛くるしい熊のぬいぐるみを抱えながら、私に笑いかけてくる。

ぬいぐるみももちろん可愛いが、それ以上にそれを抱えているソフィアが愛々しい。やはりソフィアは天使だ。間違いない！

「あぁ、すごく可愛いな」

「だよね～。それにこれ、空調機能もあるんだって！　常に部屋の中を適温にしてくれるみたいだよ！」

私たちは今、王都に店舗を構えているダウニング商会へとやってきている。ダウニング商会は大陸各地に商圏を広げている世界有数の商会で、生活魔導具を主に取り扱っている。

「それが欲しいのか？」

「うーん、これも可愛いけど、他にも気になるのがたくさんあって迷っちゃう。もう少し見て回って良い……？」

「もちろんだ。夜まではまだ時間があるからな。気が済むまで見て良いぞ」

ソフィアは先日で十五歳となった。この国では十五歳から成人となるため、そのお祝いとしてプレゼントを買うために、私たちはダウニング商会まで足を延ばしている。

加えて夜には、今王城に居るオルンと合流して一緒に夕食を取るつもりだから、王都で買い物をする方が合流しやすいというのもある。

それにしてもルーシーのやつ、オルンを呼び出すなんて、何を考えているんだ？

いや、今考えるのは止《よ》そう。日中だけとはいえ、こうしてソフィアを独り占めできているんだ。こんな幸せな時間に、余計なことを考えるなんて愚の骨頂だからな！

「それにしても、ぱっと見だと魔導具には見えないものが多いね」

「そうだな。長年生活魔導具を取り扱ってきた商会だからこその着眼点だな。こういうところはウチのクランも見習いたいところだ」

ここにある商品は、置物であれば部屋のインテリアとして、身に着けるものであればワンポイントとなるアクセサリーとして、いずれもデザインが凝っているものが多い。

そんなこんなで、私はソフィアとの幸せなひと時を過ごしていた。

しばらく店内を見回っていると、猫耳型のカチューシャが視界に入った。

「こんなものもあるんだ。なになに？　『装着者の感情によって、それに伴う動きをする猫耳』？」

「この猫耳が感情を読み取るってことか？　どんな術式を組めばそんなことが可能になるんだ……？」

「これ面白そう！　ねぇ、お姉ちゃん、これ着けてみて！」

「私がか⁉　こういうのは私には似合わないことなんて分かりきってるじゃないか！」

「そんなことないよ！　絶対可愛いよ！　ね？　お願い！」

ソフィアの無垢《むく》な視線が真っすぐこちらを見つめてくる。

くっ、そんな目でお願いされたら断れないじゃないか……！

「わ、わかった……。似合ってなくても笑うなよ……？」

「ありがとう！　じゃあ、はい！」

満面の笑みで差し出された猫耳を手に取ってから、意を決して頭に着けた。

顔から火が出そうなほど熱くなっているのがわかる。

「…………」

「そ、ソフィア。何か言ってくれ……」

猫耳を着けてからソフィアの反応が無いことに耐え切れず、ソフィアの方へと顔を向けると、彼女はぽかんとした表情をしていた。

「か……、可愛い！　すっごく可愛いよ、お姉ちゃん！」

しばらく静かだったソフィアが、堰《せ》き止められていた感情が爆発したかのように目を輝かせながら、上機嫌な声を上げていた。

「そ、そうか？」

「うんうん！　本当に可愛い！　ね、ね！　『にゃ～』って言って！」

「え……」

「いいでしょ？　お願い、お姉ちゃん！」

止めてくれ、その目には弱いんだ……。

「にゃ、にゃ～……」

「キャー!!　凄《すご》い！　なんかもう、本当に凄い！」

ソフィアのテンションが振り切れて、語彙力がよくわからないことになっている。

ソフィアがハイテンションでいるため、私たちは同じく商会で商品を見ていた客たちからの注目を集めていた。

みんな私を見て顔を赤らめているが、恥ずかしいのはこっちだからな！

そんな一幕もありながら私たちは二人の時間を楽しんだ。

◇

ダウニング商会での買い物を終えて二人で王都内を歩いていると、ソフィアが口を開いた。

「お姉ちゃん、あの日、私を家から連れ出してくれてありがとう」

「……いきなりどうした？」

「あはは、確かにいきなりだったかも。いつもお姉ちゃんには感謝してるけど、こうして直接言うことはあまりなかったかなって思って」

「礼を言われるようなことじゃないさ。私が勝手にお前を連れてきただけだしな」

「そうだとしても、お姉ちゃんがあの時私を連れ出してくれなかったら、こんな充実した毎日は送れなかったはずだから」

ソフィアが柔らかい笑みを浮かべながら、なおも言葉を紡ぐ。

「お姉ちゃんは私に幸せな日々をプレゼントしてくれた。そんなお姉ちゃんに何が返せるかわからないけど、私もこの前成人になったし、少しずつでも成長できていると思う。だから、困ったことがあったら遠慮なく言ってね！　私にできることなら何でもするから！」

「……そうか、ソフィアももう大人だもんな」

「そうだよ、私ももう大人だよ！」

ソフィアにそう言われたことで、私は改めてソフィアが成長し大人になっていることを実感した。

このまま歳を重ねていけば、いつかソフィアも私の元を離れてしまうかもしれない。それはすごく悲しいことだが、それでもそれがソフィアの幸せに繋《つな》がるなら、その時は笑顔で送り出してやらないとな。

それは、姉が妹にしてやれる最後のことだと思うから。

だからこそ、今こうして二人で一緒に過ごせるこの時間を、これからも大切にしていかないとだな。

「わかった。何かあった時はソフィアに相談することにするよ」

「うん！」

ソフィアが満足げに頷く。

その表情は私にとって非常に尊いものだった。

◇　◇　◇

ルシラ殿下たちとの会談が終わり、王城を後にした俺は、続いて王都内にあるとある料理店へとやってきていた。

「雪、か」

料理店の個室で人を待ちながら窓越しについ今しがた降り始めた初雪を見て、冬が訪れたことを改めて実感していた。

「オルンの方が早かったか。待たせて悪かったな」

「お待たせしてしまいごめんなさい、オルンさん」

何気なく外で降り続けている雪を見ていると、セルマさんとソフィーが個室の中に入ってきた。

俺たちはこれから、ソフィーの成人祝いを兼ねた食事をする。

成人祝いは家族で行うのが一般的だ。俺が居るのは場違いだが、ありがたいことにソフィーが今日の食事会に招待してくれたため、俺とセルマさんで祝うことになった。

ちなみに彼女たちの実家は、王国東部のダルアーネにある。

ソフィーの成人祝いをするなら、姉のセルマさん以外の家族も交えて行うのが自然だが、ソフィーは過去に義母であるクローデル夫人から虐待を受けていた。

その件で、セルマさんも実家とは距離を置いているようだから、事実上ソフィーの家族と呼べる人物はセルマさんだけだ。

「いや、俺もついさっき来たところだから全然待ってないよ。ソフィー、王都散策は楽しかったか？」

「はい！　王都に来たのは初めてだったので、どこもすごく新鮮でした！　特に最近この国にも店舗ができたダウニング商会にも行ってきましたが、可愛い魔導具なんかもあって、すごく楽しかったです！　ね！　お姉ちゃん」

「あ、あぁ……。そう、だな」

ソフィーが、満面の笑みでセルマさんに尋ねると、セルマさんは目を逸《そ》らしつつも肯定した。

セルマさんにしては珍しい反応だな。

（それにしても、ダウニング商会、か）

元々この国では、ルーナの義実家でもあったフロックハート商会をはじめとした、国内の商会が幅を利かせていた。しかし半年前の感謝祭での一件で、フロックハート商会がダウニング商会に取り込まれ、ダウニング商会はこの国でも商圏を広げている。

ダウニング商会の商品は優良なものが多いと聞く。

《黄金の曙光》に居たころは、ルーナの義実家であることもあってフロックハート商会には世話になっていたため、無くなってしまったことには思うところがあるが、一顧客としてはダウニング商会が国内でも浸透してきてくれたことは嬉しい面もある。

それからも、ソフィーがニコニコとした表情で、本当に楽しそうに今日の出来事を話してくれた。話を聞いているこちらまで、自然と顔が緩んでくる。

全員が揃《そろ》ったところで料理が運ばれ、俺たちは高級料理店のコースに舌鼓を打ちながら、会話を楽しんだ。

「最近、大迷宮攻略の方も順調なようだな」

「はい！　先月五十層のフロアボスを倒したと報告したと思いますが、今は五十五層まで到達しています！　早々に下層に到達することが直近の目標です！」

《黄昏《たそがれ》の月虹《げっこう》》の情報は逐一仕入れているから、五十五層まで到達していることは知っている。

今年の春頃に行われた教導探索《きょうどうたんさく》では、ソフィー達《たち》は五十層までしか進んでいない。

だけど、今は自分たちの力だけで当時よりも深い階層に到達しているというのだから、そう考えると感慨深いものがあるな。

一番懸念していたキャロルの精神面についても、今のところは安定しているように見える。たまにボーッとしているところも見かけるが、迷宮探索中はこれまで通りの集中力を保てていることはルーナから聞いている。

「それはなによりだ。だけど順調な時こそ足を掬《すく》われやすい。迷宮が危険な場所であることは、常に念頭に置いておくようにな」

「はい、わかってます！　……オルンさんは、その、最近忙しそうですね」

俺の注意喚起に理解を示したソフィーが、探り探りといった感じで声を掛けてくる。

「…………ごめんな。最近は、教導があまりできていなくて」

そう。俺はツトライルに帰ってきてから、弟子たちとあまり一緒に居られていない。

一番の大きな理由は帝国の侵攻に伴う情勢の変化によるものだ。

現在、《夜天の銀兎》は方針として、大迷宮の九十四層到達を優先事項にしている。

これまで第一部隊は隔日で迷宮探索を行っていたが、最近は二日迷宮探索して一日オフといったローテーションに変更となった。

オフの日も、優先的に着手したい事項が多くあって、教導にあまり時間を割けていない。時間が無いなんていうのは言い訳であることはわかっているから、やるせない気持ちだ。

「いえ！　そういうつもりで言ったわけではありません。オルンさんがお忙しいことはわかっていますし、私たちももう《夜天の銀兎》の正式な探索者です。それに成人にもなったのですから、オルンさんに甘えてばかりもいられません」

「ソフィアは本当に強くなったな」

自立心の芽生えたソフィーの発言を聞いたセルマさんが、嬉しそうな表情を浮かべている。

「えへへ、私も今月から大人だもん。当然だよ！」

「ふっ、これは私たちも負けてられないな、オルン」

「……そうだな。一日も早く九十三層を攻略しないと」

◇

「ソフィー、料理は美味《おい》しかったか？」

運ばれてきた料理を全て食べ終えたところで、俺がソフィーに問いかける。

「はい！　すごく美味しかったです！　オルンさん、お姉ちゃん、こんな素敵な場所に連れてきてくれて、ありがとうございました！」

「どういたしまして。ソフィアが満足してくれたなら、連れてきた甲斐《かい》があった。改めて、成人おめでとう」

「おめでとう、ソフィー」

セルマさんと俺がお祝いの言葉を口にすると、ソフィーが恥ずかしがりながらも、満面の笑みを見せてくれた。

「そうだ、俺からソフィーに成人祝いを用意したんだ。良かったら受け取ってほしい」

そう言いながら、収納魔導具から封筒を取り出して、ソフィーに手渡す。

「あ、ありがとうございます。……手紙？　あの、中を見てもいいですか？」

「勿論。喜んでもらえるといいんだけど」

俺が中を見ても良いと言うと、ソフィーはワクワクしているような表情で、封筒を開封して中に入っている紙を取り出す。

「……これは、術式ですか？」

中の紙に書かれていたものに、ざっと目を通したソフィーが問いかけてくる。

「正解。物とかだとセルマさんと被《かぶ》るかもと思って、俺からは魔術をプレゼントしようと思ってね。その術式の魔術名は【増幅連鎖《レイズ・リピート》】。術式もソフィー用に改変している」

「あの、【増幅連鎖《レイズ・リピート》】って、オルンさんが実戦で使用しているオリジナル魔術、ですよね？」

「あぁそうだ。その魔術を設置した場所を通過した攻撃魔術の術式を読み取って、自動で威力を増幅させた同じ魔術を発動してくれる魔術だ」

「そ、そんな凄いもの、本当にいただいて良いのですか……？」

「うん。受け取ってほしい。ソフィーならこの魔術を使いこなせると思うから」

この魔術は通常の魔術と異なる。

それは、異能の併用を前提として組み上げた術式だからだ。ただ、ソフィーの異能である【念動力】でも、再現可能であることは既に確認しているし、問題無く発動できるだろう。

この魔術をきっかけに更に異能を開花させてほしいと思っている。

「……ありがとうございます。オルンさんのご期待に沿えるよう、この魔術を使いこなしてみせます！」

「うん、楽しみにしている」

こうしてルシラ殿下たちとの会談とソフィーの成人祝いは終わった。

これから九十三層の攻略に本格的に乗り出すことになる。

だが、その前にやっておかなければならないことがある。

◇

ソフィーの成人祝いを終え、ツトライルへ戻って来てから数日が経過した。

今日は第一部隊の迷宮探索は休みであり、《黄昏の月虹》も休息日であることは事前に確認済みだ。

街から少し外れた場所にある見晴らしの良い丘の上へと向かうと、そこには予想通り目的の人物が居た。

「冬だと、ここは寒いな。こんなところに長時間居ると風邪ひいちゃうぞ」

そこで膝を抱えながら、ボケーッと空に流れる雲を眺めている人物に声を掛ける。

「ししょー……？」

俺の声に反応を示したキャロルが、俺の方へと視線を移した。

こちらを見ている冷たい瞳が、熱を帯びたように徐々に普段のものに変わっていく。

そして、表情もいつもの笑みを絶やさない人懐っこいものに変化した。

「んー？　この時間、第一部隊は迷宮探索じゃないの？」

キャロルが、キョトンと首を傾《かし》げながら問いかけてくる。

この部分だけを切り取れば彼女は普段と何ら変わらないが、直前の状態を見た後だと心が痛くなる。

俺は努めて普段通りを装いながら、口を開く。

「最近スケジュールが変更になってな。今日は休みなんだ」

「そうだったんだ！　じゃあ、あたしたちと同じだね！」

「そうだな。お互い今日は休みだ。だから、――無理しないで自然体でいいぞ」

キャロルにそう告げると、彼女が息を飲んだ。

これまでは、キャロルが誤魔化してくるならと、見て見ぬ振りをしていた。

俺自身、半年前のオリヴァーとの戦いを経てから、他人に構う余裕が少しずつ無くなっている。

でも、それは言い訳に過ぎない。

俺がキャロルを救えるなんて大層なことは言えないけど、苦しんでいるように見える彼女を少しでも楽にさせるための手助けならできるはずだ。

「や、やだな〜、ししょー。あたしはいつだって自然体だよ？」

多少の動揺は見えるものの、キャロルの言う通り、彼女の表情、声音、雰囲気、どれを取っても普段と変わらない。やはりこの程度の言葉では変化は無いか。

「そうか。なら俺の勘違いか」

「そうだよ。もぉ、いきなり変なこと言わないでよ、ししょー」

「ごめん、ごめん。それにしてもここは良い場所だな。街からそこまで離れていないのに静かで、悩み事の整理や考え事をするときにはもってこいだな」

キャロルの隣に腰掛けて、必死に頭を働かせながら言葉を紡ぐ。

「……ししょーでも悩むことあるの？」

「そりゃあ、あるぞ。お前たちには弱みを見せないように繕っているが、俺だってただの人間だからな。人間誰しも大なり小なり悩みを抱えているものだ。キャロルもそうだろ？」

「あたしは……」

キャロルに軽く踏み込んでみると、キャロルの瞳が少し揺れる。

「……キャロルにとっては、あまり触れられたくない内容かもしれないけど、今日は踏み込ませてもらうよ」

俺の表情を見て何かを察したのか、キャロルの笑顔の裏に怯《おび》えのようなものが見える気がする。

それでも今日は、彼女と真正面から向きあうと決めている。

このまま迂遠《うえん》な言葉を重ねても、彼女は誤魔化し続けるだろう。

もしかしたら、踏み込むことで彼女を余計に傷つけてしまうかもしれない。結局は俺の自己満足でしかないのかもしれない。

それでもこれは、師匠である俺の役目であると思うから。

改めて自分の中で目的をはっきりと定めてから言葉を紡ぐ。

「……キャロルももう察していると思うけど、俺はお前が《夜天の銀兎》に来るきっかけとなったの出来事について知っている。お前が《シクラメン教団》からどんな扱いを受けていたのかも、な」

「――っ！」

「俺には、今のキャロルの心境がわかるなんて口が裂けても言えない。俺が想像出来る範囲に収まることではないと思うから。だから教えてほしいんだ。キャロルは、今苦しいのか、それとも本当になんとも思っていないのか」

「で、でも……」

俺の言葉を受けてキャロルの心が揺れているように、迷っているように感じる。

迷っているということは、少なからず言葉にしたいことがあるのだろう。

「俺はキャロライン・イングロットという人間を好いているよ」

「……え？」

「キャロル、お前は俺にとって大切な弟子で仲間だ。どんなお前だったとしても、俺は受け入れるよ。難しいことは考えなくていい。たまにはさ、自分がどうしたいのか、何を思っているのか、それを吐き出してみるとスッキリすると思うぞ」

「……ほんとうに？　あたしが何を思っていても、ししょーは、師匠で居てくれる？」

キャロルが遠慮がちに視線をこちらに向けながら、問いかけてきた。

その瞳の中には期待が込められているように感じる。

「勿論だ。お前たちの師匠になった日にも言っただろ？　何があっても、俺はキャロルの味方であり続ける。それだけは絶対に変わらないから」

俺の返答を聞いたキャロルが、顔を伏せながら「……うん」と小さく呟いた。

それから短くない時間の沈黙があって、

「…………お母さんがね、生きてた時に言ってたんだ。『辛《つら》い時こそ笑え』って。『笑っていれば、いつか幸せと思える日が来るから』って」

キャロルが、呟くように自分のことを話し始めた。

「……あたしは、人間が、怖い。ログやソフィー、ししょーにルゥ姉、それに《夜天の銀兎》のみんなのことは大好きだよ。それは、本当。でも、人間の中には、相手がどれだけ苦しんでいても表情一つ変えない人や、機嫌が悪いだけで殴ってくる人が居ることを、あたしは知っている」

キャロルが昔居た《シクラメン教団》は、世界有数の犯罪組織だ。誘拐拉致に人身売買、テロ行為と、奴らが引き起こした事件は挙げるとキリがない。

「あそこに居たときは辛かった。毎日死にたいと思ってて、ついに自殺を決意して、それを実行した。でも、死ねなかった。そのタイミングで【自己治癒】って異能《のろい》が現れたから」

呪い、か。

俺にとって異能は、自分を助けてくれる武器だと思っている。

恐らく異能者のほとんどがそうだろう。

でも、キャロルにとって、異能は忌むべきものなんだろうな。

「死ねなくなったから、あとは笑うしかなかった。お母さんの言葉に、縋《すが》ることしかできなかった」

キャロルの中で、母親の言葉が大きく根付いているんだな。……それは俺も同じか。

「それで、笑うことを意識してたら、辛いことや痛いことに以前ほどの苦痛が無かった。それに、相手の希望に沿って良い結果を出すと笑ってくれて、その時は辛いことをしたり殴ってきたりする人が居なかった」

キャロルは、いつも自分のことよりも他人を優先していた。

それ自体は彼女の美徳でもある。

だが、その根幹にあるのは後ろ向きなものだ。

それは予想した通りだったけど、こうして彼女自身の口から聞くと、心に来るものがあるな。

「だから、お母さんの言葉は本当だと思った。笑っていればあたしは辛くないし、相手が笑っていればあたしに酷《ひど》いことをする人は居ない。みんなが幸せになるんだって。――だからあたしは笑うんだ。みんなに笑っていてもらうんだ」

想像はしていた。キャロルの過去が生易しいものでないことは。でも、これは……。

「……話してくれてありがとう、キャロル。辛いことを思い出させてしまって悪かった」

そう言いながら、キャロルの頭を撫《な》でる。

「……不愉快じゃないの？」

俺の行動に戸惑っているようで、キャロルから質問が飛び出してくる。

「不愉快？　なんでだ？」

「しょー、言ってたでしょ。他人を慮《おもんぱか》って行動できるのはあたしの美徳だって。でも、実際あたしは自分のために行動していたんだよ？」

「そういうことか。不愉快なんて思ってないよ。……これは俺の持論だけど、人間は究極的には自分のために行動する生き物だと思っている。他人のために行動するのだって、結局は何かしらの見返りを期待してのものだと思うしな」

キャロルの問いに対して、俺は持論を語る。

これが極論であることは自覚しているし、これが絶対に正しいとも思っていない。あくまで俺の考えの一つというだけだ。

「俺の尊敬する人は、この社会が互恵関係で成り立っていると言っていた。その意見には俺も賛成できる。だから、結局は他人のために行動できる人間の方が、最終的には得をするようになっているんじゃないかと俺は考えているんだ」

「……ししょーも、そうなの？」

キャロルが、普段とは似つかない真剣な表情で問いかけてくる。

「そうだな。例えば、俺はお前たちの師匠になって探索者のいろはを教えているわけだが、それだって全てがお前たちのためというわけではない。お前たちが成長して結果を出してくれれば、それに引っ張られる形で、お前たちを育てた俺の評価も上がっていくという打算もあるんだ」

「……そっか。あたしだけじゃないんだ」

緊張が和らいだような表情で、キャロルが呟く。

「そうだ。みんな打算的な部分が少なからずあるものだと、俺は思ってる。キャロルは何もおかしくない。普通の女の子だ。――あ、勘違いしてほしくないから言うけど、お前たちに立派な探索者になってもらいたいと思っているのは俺の本心だからな」

「うん。それはわかってる。ししょーがあたしたちのことを大切に思ってくれてるなって、いつも感じてるから」

「それなら良かった。――キャロルは今、兄姉と再会したことで昔のことを思い出して、あれこれ考えているんだろうけどさ、誰がなんと言おうとも今のお前は、《夜天の銀兎》の『キャロル』だ。キャロルは一人じゃない。俺も含めて、たくさんの仲間がいる。そうだろ？」

「……うん。……うん！」

俺の問いにキャロルは顔を伏せながらも力強く頷く。


それからしばらく鼻をすする音が聞こえていたが、キャロルが顔を上げると、そこには普段の笑顔を浮かべたキャロルが居た。

「ししょー、ありがとう。なんか、ししょーと話して気持ちが楽になった気がする！」

「それは良かった。これからは何か悩むことがあったらすぐ話してくれ。溜《た》め込《こ》んだって何も良いことはないしな」

「うん、わかった！　えへへ！　ししょー、ありがとう！」

「どういたしまして」

「よーし！　明日からまた大迷宮攻略頑張るぞー！　目指せ！　年内下層到達！」

立ち上がったキャロルが、両手を天に伸ばしながら意気込みを叫ぶ。

これが前を向くきっかけになってくれたら嬉しい。

キャロルが自分の過去とどう向き合っていくのか、それを決めるのは彼女自身だ。

今の俺がキャロルにしてやれることは、ゆっくりと考えられる環境を作ること。

そのためにも頑張らないとな。

「ねぇねぇ、ししょー」

「ん？　どうした？」

「もし良かったら、これから個別指導をお願いしたいんだけど、ダメかな？」

「ダメなわけあるか。それじゃあ今日は、これからマンツーマンで特訓だ。途中でへばるなよ？」

「わーい！　ありがと〜、ししょー！　よーし！　もっと強くなって、ソフィー達を驚かせてやる！」

そう意気込む彼女は最近の中では一番良い表情をしている。

うん、やっぱりキャロルには笑顔が似合うな。

第二章　九十三層攻略

キャロルと向き合ったあの日から、更に数日が経過した。

俺は第一部隊のメンバーと一緒に南の大迷宮九十三層に潜っている。

既にボスエリアまでのルートは確立しているため、今日は攻略前の最終確認だ。

大迷宮の攻略に思うところが無いわけではない。

三ヵ月前にアベル・エディントンから聞いた、大迷宮がかつては聖域と呼ばれていたことや、おとぎ話の勇者が作ったなどといった内容は、今も俺の心の中でしこりとして残っている。

しかし、この話の真偽については確かめようが無い。

最終的に判断材料が少なすぎる現状では、考えるだけ無駄だとひとまず結論付けた。

今の俺たちに必要なのは九十四層に到達すること、そして九十四層を攻略することだから。

「にしても、やっぱりここはジメジメしていて、嫌な場所だな。一向に慣れる気がしねぇ……」

周囲を警戒しながら探索をしていると、前を歩いているウィルから愚痴がこぼれた。

九十三層は、階層のほぼ全域が木々に覆われている。更に温度・湿度ともにかなり高く、特徴としては、雨の降っていない熱帯雨林のような場所に近い。

ウィルの言う通りジメジメとしていて、長居したいとは思えない場所だ。

「そうね。九十一層に比べれば多少はマシだけど、それでも入り浸るような場所ではないね」

「なにより嫌なのは、地上だと冬で寒いってことだよね！　昨日の夜も雪降ってたし、寒暖差で風邪ひいちゃいそうだよ」

ウィルの愚痴に、レインさんとルクレが同意する。

『三人とも、会話はいったん終了だ。魔獣が近づいてきている。敵はアームエイプ三体、レインとルクレは弾幕を準備、討伐はウィルとオルンに任せる！』

近づいてくる魔獣の気配を感じ取ったセルマさんが、念話で俺たちに指示を出す。

『『『了解！』』』

すぐさま思考を切り替えて臨戦態勢に入り、アームエイプを迎え撃つ。

アームエイプは腕の長い猿のような魔獣で、戦闘力自体はそこまで高くない。しかし、背の高い木々を利用した立体的な動きは非常に複雑で、捉えるのが困難であることから非常に面倒くさい魔獣の一つだ。

レインさんとルクレが、アームエイプのいる方向へ大量の【水矢《ウォーターアロー》】を撃ちだす。奴《やつ》らを魔術で仕留めるのは困難であるが、このように弾幕を張ることで進路を限定させることができ、尚且《なおか》つ後衛の三人への接近を避けることができる。

アームエイプは遠距離攻撃の手段を持っていないため、距離を保てているなら後衛に危険が及ぶ可能性はかなり低い。

つまり、俺とウィルは前に出られる。

周囲に他の魔獣が居ないことを確認してから駆け出す。

三体のアームエイプが弾幕を嫌い、【水矢《ウォーターアロー》】を避けるように進路を変更した。

「降りてきたやつはオレが仕留める！　上に行ったやつ等は任せるぞ！」

「わかった！　――【反射障壁《リフレクティブ・ウォール》】！」

地面に着地してからこちらに向かってきている一体をウィルに任せて、俺は史に木の上へと登った二体に狙いを定めた。

氣《き》を全身に巡らせながら、【重力操作】や【反射障壁《リフレクティブ・ウォール》】を活用して、一瞬で距離を詰める。

片方のアームエイプが鋭い爪を立てて迎撃してくるが、それを難なく躱《かわ》しながら、シュヴァルツハーゼを振るう。

刀身が接触する直前に【瞬間的能力超上昇《インパクト》】を発動すると、抵抗を感じることなく、アームエイプの胴体と首が離れた。

斬り伏せたアームエイプが、黒い霧に変わっているのを視界の端で見ながら、残りのアームエイプも同様に斬ろうとするも、木を巧みに利用しながら逃走を図っていたため剣が届かなかった。

『レインさん、逃げ道を塞いでほしい』

『任せて！』

念話でレインさんに声を掛けると、アームエイプの進路を塞ぐように、攻撃魔術がいくつも撃ちだされる。

レインさんの攻撃魔術のおかげで、剣の間合いまで距離を詰めることができた俺は、シュヴァルツハーゼを振るいアームエイプを黒い霧に変えた。

下で行われているウィルとアームエイプの戦いも、ウィル優勢で進んでいる。

アームエイプの攻撃を双刃刀《そうじんとう》で往《い》なし、隙を見逃すことなく確実にダメージを蓄積させている。

真正面からの接近戦では不利だと悟り逃走を図るが、ルクレの攻撃魔術がそれを許さず、二人の連携によってアームエイプは黒い霧に変わった。

『オルン』

『大丈夫、わかってる』

上空で魔力の足場に立ちながらウィルの戦闘を眺めていると、先ほどまで戦っていたアームエイプよりも一回り大きい猿の魔獣が、背後からかなりの速度で近づいてきていた。

猿が木の幹を蹴って、俺に接近してくる。

刀身に魔力を纏《まと》わせながら、猿を視界に捉えた。

猿に掛かる重力を増幅させると、猿は突然の重力変化に戸惑いを見せながら、俺に攻撃を届かせる前に地面へと落下する。

「……天閃《てんせん》」

重力の加重も相まってかなりの速さで地面に激突した猿に、漆黒の斬撃による追撃を行い、更にレインさんの攻撃魔術が襲い掛かる。

地面に着地するついでに、ボロボロになりながらまだ生きている猿を斬り伏せると、ようやく黒い霧へと変わった。

「……日々動きが洗練されていってるな。【重力操作】に慣れてきたってところか？」

戦闘が終わって魔石を回収していると、ウィルが声を掛けてきた。

「そうだな。まだまだ鍛錬は必要だけど、【重力操作《これ》】で出来ることと出来ないことについても、ある程度整理がついたところ。面白い使い方も思いついたから、近いうちに実戦で使ってみたいと思ってる」

「ほぉ、それは楽しみだな。次の打ち合わせの時にでも、その面白い使い方ってやつを教えてくれよ」

「もちろん」

それからも俺たちは九十三層の探索を続け、攻略に移行しても問題ないと判断した。

休息日を挟んだ二日後、それが九十三層攻略の決行日だ。

◇

「《翡翠《ひすい》の疾風《はやて》》が深層に到達、か」

翌日、新聞を手にすると、一面にはでかでかと《翡翠の疾風》が九十層を攻略して深層に到達し、新たなSランクパーティが誕生したことが書かれていた。

《翡翠の疾風》と言えば、以前の武術大会の一回戦で戦ったローレッタさんが所属しているパーティだ。

当時から最も勢いのあるパーティと認知していたから、この結果に特段驚きはない。

到達階層の更新と言えば、弟子たち《黄昏《たそがれ》の月虹《げっこう》》も順調に階層を進めているな。

現在は五十八層を探索中だから、本当に年内に下層に到達してしまうかもしれない。

あいつらの実力に加えて、ルーナもいるから戦力は申し分ない。この短期間で本当に頼もしくなったな。

頭の片隅でそんなことを考えながら、それ以外の記事にも目を通した俺は外へと出ると、じいちゃんの店へと向かった。


店には先客がいたようで、全身を鎧《よろい》で覆っている人物が、じいちゃんと向かい合って商談をしていた。

この店は探索者向けの雑貨屋だ。つまり、この人物も探索者ということだろう。

（にしてもフルプレートか。さしずめ『鎧の探索者』といったところか。しかし、あんな重装備だと動くのはかなり大変そうだな……――って、あれ？　この佇《たたず》まいはまさか……。なんで収容所に居るはずのコイツがここに居るんだ？）

「おぬしの注文した品の入手にはまだ時間が掛かりそうじゃ。また来月辺りに来てくれるかのぉ？」

じいちゃんの言葉に鎧の探索者が頷《うなず》くと、そのまま俺の横を通って店を出ていった。

鎧を着こんでいるせいか、若干記憶している歩き方と違うが、歩く時の癖は同じだった。やっぱり間違いない。

「じいちゃん、こんにちは」

「よく来たのぉ、オルン。今日は何用じゃ？」

「明日、九十三層の攻略をする予定だから、それのための消耗品の買い足しをしようと思ってさ」

今日の目的を伝えると、じいちゃんが「ちょいと待っておれ」と言葉を残してから、カウンターの奥へと消える。

店内に並べられている商品を見ながら時間を潰していると、しばらくしてじいちゃんが戻ってきた。

「待たせたの。今回はこのくらいでどうじゃ？」

声を掛けられた俺はカウンターへと戻り、並べられている消耗品を一つずつ手に取って確認する。

「さっきの鎧の人ってよく来ているの？」

消耗品を確認しながら、じいちゃんに声を掛ける。

「そうじゃな。オルンがレグリフ領に行ってた頃から、たまに来るようになったのぉ。なんじゃ、彼が気になるのか？」

「まぁね。一目見ただけで、かなりの実力者だということはわかったからさ。めぼしい探索者の情報は、やっぱり集めておきたいんだ」

「なるほどのぉ。彼は一人で下層に潜っているらしいぞ。それで大した怪我《けが》も無く帰ってきているのじゃから、相当な実力者であることは明白じゃろうな」

「ソロで下層を探索しているのか。それは流石《さすが》に危なくないか？」

中層までであれば、ソロで活動する探索者も少ないが存在する。だが、下層からは魔獣の強さや環境の変化など、一人では対処できないトラブルも相応に起こるため、探索者ギルドからもパーティで挑むことが推奨されている。

「危険は承知の上で活動しているようだし、本人が納得しているなら、必要以上に踏み込むことは難しいのぉ」

じいちゃんの言う通りだな。他人がとやかく言うことではないか。

「それもそうだね。――それじゃあ、これ全部買わせてもらうよ。あと、砥石《といし》を一個追加してほしい」

じいちゃんと雑談をしながら、追加で注文した砥石も確認してから代金を支払った。

「そういえば、そろそろ今年も終わるが、オルンはこの一年はどうじゃった？」

じいちゃんから質問を受けて、この一年を頭の中で振り返る。

この一年色々とあったけど、やはり一番大きな出来事は《黄金の曙光《勇者パーティ》》を追い出されたことだろう。

それから《夜天《やてん》の銀兎《ぎんと》》に所属することになったり、可愛《かわい》い弟子ができたり、このクランで色んな事を経験したり、ついには王女様と面識ができたりと、去年の今頃では想像できない一年を過ごした。

「……そうだね。一言で言い表すなら、月並みだけど充実した一年だった。後は今年の締めくくりとして、《夜天の銀兎》が九十三層を攻略できれば文句無しかな。そういうじいちゃんは、この一年どうだったの？」

「儂《わし》は変わらない一年じゃったよ。歳《とし》を取ると一年があっという間でのぉ、気が付いたらもう年末じゃ」

「長く生きると、時間の流れを早く感じるっていうのはよく聞くね」

「儂はもう歳じゃからのぉ。あと何年生きられるか」

「そんなこと言わないでよ。じいちゃんには長生きしてもらいたいんだから。身体《からだ》は大事にしてね。俺にできることなら何でもするから」

「………………そうじゃな。儂にはまだやるべきこともあるわけじゃし、長生きせんといかんな」

じいちゃんが遠い目をしながら呟《つぶや》く。

こういう表情をすることはこれまでにも何度かあったから、特に気にすることではないが、何故《なぜ》かじいちゃんの言葉に引っ掛かりを覚えた。

「やるべきこと……？」

「それは勿論《もちろん》、オルン、おぬしの成長を見届けることじゃよ。それが今の儂の生き甲斐《いがい》じゃ。儂のために何かをしてくれるというなら、これからもおぬしの成長を近くで見ていたい」

「なんだ、そんなことか。それならお安い御用だよ。じいちゃんが胸を張って自慢できるような人間になれるように努力するから見守っててて」

「勿論じゃ。来年は色々と起こりそうじゃが、来年の今ごろも、こうしてオルンと和やかに話をしていたいものじゃな」

「帝国方面がきな臭いから、来年は国家間で何かしらの動きはあるだろうね。来年の今ごろには九十四層を攻略してじいちゃんに報告できればな、と思ってるよ」

「………うむ、楽しみにしておるよ」


じいちゃんとの会話を終えて、雑貨屋から出たところで、俺は何気なく空を見上げた。

ここ最近は雪が降ることが多かったが、今日は、今の俺の心の中を映しているかのような快晴となっている。

じいちゃんの店に、先客として居た鎧の探索者のことを思い出すと、自然と笑みがこぼれてしまう。

「色々と疑問に思うこともあるけど、何はともあれ、元気そうで良かったよ、オリヴァー」

◇

「……辿《たど》り着《つ》いたな」

第一部隊が目的地へと到着したところで、セルマさんが呟く。

俺たちは本日、南の大迷宮の九十三層を攻略すべく大迷宮へやってきていた。

そして事前に定めたルートを辿り、数時間ほどかけてボスエリアの扉の前まで到達した。

「みんなお疲れ様。あまりのんびりもしてられないけど、今は準備をしながら気力を回復させよう。周囲の警戒はローテーションでいいよね、セルマ？」

「あぁ。それで問題ない」

レインさんがしばしの休息を提案し、セルマさんがそれを承諾する。

「んじゃ、最初の警戒はオレがする。後衛陣はしっかり休んでおけよ。オルンも一緒にいいか？」

「うん、大丈夫」

ウィルに声を掛けられて、最初は俺たち二人で警戒を行うことになった。

「ついに九十三層攻略も佳境かー。最後まで気を抜かずに乗り切ろうぜ、オルン」

ボスエリアの扉から少し離れたところで、周囲の警戒を維持しながらウィルが声を掛けてきた。

「そうだな。……ウィル、打ち合わせでも言ったけど今回の敵は今までとは毛色が違う。作戦が嵌《は》まればウィルにとっては更に戦いにくい状況になると思うけど、最後はウィルに頼ることになるはずだから」

「ははっ！　わかってるって。どんな状況だろうが、オレは全力を尽くすだけだ。オルンの方こそしくじるなよ？」

「あぁ。ウィルが最高の仕事ができるように舞台は俺が整えるから、大船に乗ったつもりでいてくれ」

「頼もしいな。今回も頼りにしているぞ、エース」


それから俺とウィルも束の間《つかま》の休息を挟み、フロアボスと戦う準備はできた。

「ルクレ、ここからは集中力を切らせないよ。大丈夫？」

フロアボスの扉を前にレインさんがルクレに声をかける。

「うん、気力も十分だし無問題！　レインさんも大変だと思うけど、頼りにしてるよ！」

「ええ。お姉ちゃんに任せなさい！」

ルクレの言葉に、レインさんは胸を張りながら意気揚々と声を発する。

レインさんに気負いは感じられない。

作戦通りに事が運べば、今回の戦闘ではレインさんが中軸となる。そのためいつも通りのお姉さん然とした雰囲気で居る彼女を見られて安心した。これなら大丈夫だろう。

「……全員準備はいいな？」

セルマさんが、俺たち全員に顔を向けて準備が整っているか確認してくる。

俺たちは、その問いに首を縦に振ることで応じる。

「では、行こうか。ボス退治だ！」

「「「「おぉ！！！！」」」」

俺が迷宮内とボスエリアを隔てる扉に触れると、ゆっくりとその扉が開き始める。

ボスエリア内の様子が見られるようになったところで、即座に中の状況を確認する。

中の様子は、約一年前に《黄金《おうごん》の曙光《しょこう》》で訪れたときと変わらない。

地面には草が生い茂っていて、広い間隔を空けながら低木が何本も立っている。

そして、ボスエリアの中心付近に、そいつは居た。

超巨大な丸太と見間違いそうなほどに太い胴体で地面を這《は》い、三角形の頭の先端からは火が揺らめいているかのように赤く長い舌を出している巨大な魔獣――〝白蛇《はくだ》〟が、とぐろを巻きながらこちらを睨《にら》んできていた。

「白蛇はボスエリアの中心にいる！　予定通り全員を跳ばすぞ！」

いち早く状況を全員に伝えながら、頭の中で最速で術式を構築する。

俺の声を聞いた四人が、白い短剣の形をした魔導具を取り出していることを傍目《はため》に確認しながら、俺も同じ短剣を出現させ、魔術を発動する。

「【空間跳躍《スペースリープ》】！」

俺が発動した魔術により四人が瞬時に転移し、ボスエリアの外壁に沿うように等間隔で、白蛇を囲うかたちとなる。

『よし、全員短剣を地面に突き刺せ！』

頭の中にセルマさんの声が響く。

彼女の言葉の通り、全員が転移した直後に白い短剣を地面に突き刺す。

突き刺された短剣の柄の部分から冷気の白煙が勢いよく吹き出し、あっという間にボスエリア内が白煙に包まれる。

直後、セルマさんの支援魔術によって体温が上がっていくことを感じていると、セルマさん、レインさん、ルクレの三人が魔術を発動したことで、ボスエリア内に突風が巻き起こり、ボスエリア内の気温が一気に下がる。

未《いま》だに白蛇に大きな動きはない。

そして風が止《や》む頃には景色は一変していて、ボスエリア内は冬景色となっていた。

「混沌の斬撃《カオスエッジ》！」

白煙が晴れたところで、最初に動いたのはウィルだった。

ウィルが双刃刀を振るうと、様々な魔力が混在している斬撃が白蛇に襲いかかる。

それに合わせるようにして、レインさんとルクレが水系統や氷系統を中心とした魔術で、白蛇への攻撃を開始する。

俺はシュヴァルツハーゼを【魔剣合一《オルトレーション》】で魔剣に変えながら、白蛇との距離を一気に詰める。

白蛇が反応するよりも早く、剣の間合いまで迫った俺は、【瞬間的能力超上昇《インパクト》】と【重力操作】

を併用した最大の斬撃を叩《たた》き込《こ》む。

（ちっ！　予想通りこれでも通らないか）

白蛇のウロコは、黒竜とは真逆と言えるものだ。

黒竜が硬質的なのに対して、白蛇は非常に軟質的と言える。

俺の斬撃は、まるで衝撃を吸収されたかのように、力が逃がされるような感覚があった。軟質的

でありながら頑丈である体表に対して、俺の最大の斬撃は大したダメージにはならなかった。

白蛇の魔法によって、地面から先端の尖《とが》った幹が顔を出すと、すごい速さで俺に迫ってきた。

「くっ！」

魔力の足場を蹴って白蛇から離れながら、急成長している幹の進路から逸《そ》れる。

俺と白蛇の間に枝のない巨木が現れると、その幹には等間隔にいくつも穴が空いていた。

その穴から、先鋭な小枝が大量に撃ち出される。

「【伍ノ型《モント・フュンフ》】！」

体を丸めて魔盾に身を隠すことで攻撃を凌《しの》ぐ。

「こっちを見やがれ、ヘビ野郎！」

白蛇が俺の方へ意識を向けていた隙に、ウィルが眼前まで迫っており、その頭に双刃刀を振り下ろす。

いくら衝撃を逃がしやすい体表であろうが、頭となれば全てを逃がすことはできない。

俺の【瞬間的能力超上昇《インパクト》】を乗せたウィルの攻撃が、白蛇の頭を地面に叩きつける。

しかし、流石はフロアボスといったところだろう。

白蛇は頭を地面に叩きつけられながらも、奴の尻尾が正確にウィルに襲いかかる。

空中で身動きが取れない。

だが、ウィルにとって攻撃を往《い》なすことは朝飯前だ。

それは身動きの取れない空中であろうと変わらない。

ウィルは、双刃刀を巧みに扱って、尻尾の攻撃を難なく往なす。

念話で【反射障壁《リフレクティブ・ウォール》】による離脱を提案し、ウィルが了承したため魔術を発動する。

灰色の壁に触れた俺とウィルが、白蛇と距離を取る。

するとそれを待っていたかのように、レインさんとルクレの魔術による攻撃密度が増す。

『やっぱり大したダメージにはなってねぇな』

レインさんとルクレの攻撃魔術による雨を受けても、ダメージを受けているように見えない白蛇を見たウィルの声が脳内に響く。

『いや、少しずつでも確実にダメージは蓄積されている。じれったいけど、このまま魔術で少しずつ削っていくしかない。セルマさん、魔剣による攻撃も効果的ではなかったから、俺もウィルと一緒に後衛陣のフォローに入る』

『わかった。全員オルンの声は聞こえていたな。ここからは持久戦だ。全員集中力を切らすなよ！』

『『『『了解！！！！』』』』

俺は左手で地面に触れ、【魔剣創造《ディストラクション》】を準備しながら、同時に別のオリジナル魔術を発動させる。

「【封印緩和：第五層《レストレーション・クインティプル》】！」

【封印緩和《レストレーション》】は、簡潔に説明するのであれば、【重ね掛け】の改良版だ。

氣の操作を習得したことで、俺には支援魔術の基本六種が不要になった。

自分に刻まれている術式の改変に特化させたため、【重ね掛け】と同程度の効果を有しながら、継続戦闘能力は格段に増している。

【重ね掛け】を使用した高度な戦闘が必要な時は、どうしたって一時間程度が限界だったが、今なら数時間だって問題なく戦える。

最終的には、常時【封印解除《カルミネーション》】の状態を維持することが目標ではあるがな。

白蛇への攻撃を後衛陣に任せて、俺とウィルは周囲の低木を切り倒していく。

白蛇の魔法は植物に干渉し自在に操るというものだ。

先ほど巨木を一瞬で生やしたように、新たに植物を出現させることもあるが、それ以外にもボスエリア内の低木が、意志を持った生き物のように自律的に行動することもある。

それを防ぐためにも、余裕のあるうちに邪魔な木は排除していく。

しばらく一方的な展開が続いていたが、白蛇が突如「シャー」と威嚇音のようなものを発すると、ウロコの色が青み掛かっていく。

どうやらこの寒い環境に適応したようだ。

白蛇のウロコが暗い青色に変化し、先ほどまでじっとしていたのが嘘《うそ》のようにその巨体に見合わない速さでレインさんに向かって突っ込んでいく。

『レイン、フォローは必要か？』

白蛇がレインさんに向かっているところを見て、セルマさんが念話で問いかける。その声音に焦りがないのは、これが作戦通りであるからだ。

『バフの維持だけお願い。予定通り白蛇は私が引き付けるから、みんなは攻撃の準備をしておいて。あ、ルクレは水系統の魔術の待機もよろしくね』

対するレインさんも、白蛇が接近しているというのに緊張の気配を一切見せず、あっけらかんと返答する。

レインさんと白蛇の距離が徐々に狭まっているところで、彼女が魔術を発動する。

直後レインさんの周囲の地面が隆起し、ランダムに現れた石の柱が障害物のように白蛇の進行を妨害する。

だが地面を這うように進む白蛇にはあまり効果が無く、石の柱の間を縫うように進んでいた。

石柱を意に介した様子もなく進む白蛇が、ついにレインさんの目の前に迫り、その口を大きく開く。

白蛇の顎《あご》がレインさんを左右から挟むと、丸呑《まるの》みするべく勢いよく口を閉じる。

直後白蛇の口の中で大きな爆発音が聞こえた。

すぐさま白蛇が口を開けると、そこからは細い煙が立ち上り、白蛇は苦しむように藻掻《もが》いているように見える。

「私の魔術は美味《おい》しかった？」

初めて目に見えるダメージを負った白蛇に向かって、いつの間にか石柱の上に立っていたレインさんが話しかける。

白蛇が声を発したレインさんに敵意の視線を向けると同時に、一般人では反応することが難しいほどの速さで尻尾を振るう。

「惜しい。こっちだよ」

いつの間にか、別の石柱の上に移動していたレインさんが、煽《あお》るように白蛇に声を掛ける。

白蛇が更に怒気を強めながら、魔法でレインさんの周りに植物のツタのようなものをいくつも生やす。

大量のツタがレインさんに襲いかかる。

『ルクレ、水！』

ツタが生えてきた光景を見て、レインさんがルクレに念話で声を掛けながら、自身を覆うように魔力障壁を張る。

俺が【重力操作】でツタの動きを妨害していると、レインさんの頭上にいくつもの魔法陣が出現し、そこから大量の水の弾が降り注ぐ。

「【極寒氷雪《ブリザード》】！」

レインさんが魔術を発動させると、先ほどの白い短剣が発したものよりも高密度の魔力を内包している白煙の冷気が、彼女の周りに現れる。

そして、レインさんを襲おうとしていたツタは、白煙に触れると即座に凍《い》てついた。

「ふふっ。ヘビさん、残念。また私に攻撃が届かなかったね」

再び白蛇の攻撃に難なく対処したレインさんが、白蛇を煽る。

白蛇が「シャー」と音を発してから、頭突きをするように、先ほど以上の速さでレインさんに突っ込んでいく。

その音は先ほどの威嚇音のようなものではなく怒り狂っているかのように聞こえた。

戦いに身を置く者にとって、異能の有無は非常に大きな差となる。

レインさんは異能を保有していない。

しかし、彼女は異能者とはまた違う特別な存在だ。

――『特異魔術士』。

それがレインさんたちを指す名称となる。

特異魔術士は、〝その魔術〟において右に出るものが居ないほどに、常軌を逸した適性を持っている。

例えば、『術式構築に時間を要しないと思えるほど一瞬で術式を構築することが可能』であったり、『本来であれば、到底不可能な範囲に影響を及ぼせる』であったりと。

そして、レインさんの〝特異魔術〟は、一般的な魔術の中で一番術式構築が困難と言われている【空間跳躍《スペースリープ》】だ。

レインさんは特異魔術士であったことで、過去に悲惨な目に遭ったことがあるらしく、彼女は滅多に【空間跳躍《スペースリープ》】を使わない。

しかし、今回の戦いにおいては、無理を言って一時的に【空間跳躍《スペースリープ》】を解禁してもらっている。

白蛇の頭突きがレインさんに届く直前に、レインさんは【空間跳躍《スペースリープ》】を発動させて別の場所へと転移する。

『みんな、今よ!』

レインさんが居なくなった石柱に、白蛇が頭を激突させていると、脳内にレインさんの声が響いた。

その隙を見逃さずに、

「「【天の雷槌《ミョルニル》】　！！！」」

「混沌の斬撃《カオスエッジ》！」

「天閃！」

レインさん、ルクレ、セルマさんの三人が特級魔術を、ウィルが混沌の斬撃を、俺が漆黒の斬撃を、それぞれ白蛇に叩き込む。

◇　◇　◇

私の呼びかけに応じて、みんなが白蛇に強烈な攻撃を放った。

「レイン、まだ行けるか？」

攻撃を行った直後、セルマが私を心配するように声をかけてくる。

「うん。全然大丈夫だよ。このまま白蛇を削っていこう！」

セルマを安心させるために、彼女に笑顔を向ける。

しばらくして、白蛇が再び私に攻撃を仕掛けてきた。

それを回避するために転移場所に目星をつけたころには、無意識的に【空間跳躍《スペースリープ》】の術式構築が完了していた。

その術式に魔力を流して私は再び転移する。

（懐かしいなぁ、この感覚）

【空間跳躍《スペースリープ》】を駆使して白蛇を翻弄しながら、私はある感慨を抱いていた。

空間の全てを識《し》ることができたと思えるようなこの感じ。

全てが意のままに操れると、勘違いしてしまうほどの万能感。

忌むべき感情であるはずなのに、どうしても心の奥底から湧き上がってしまう。

そして消し去りたい、でも忘れてはいけない記憶が、色濃く脳裏に浮かんでくる。


私は、大陸中央に存在する魔術大国——ヒティア公国で生を受けた。

その国が、魔術大国と呼ばれている要因はいくつかある。

その中でも一番大きな要因は、ノヒタント王国《このくに》における貴族院のような、〝学園〟と呼ばれる魔術の教育機関が国内にいくつか存在すること。

幸いにして私の家はお金に苦労していないこともあって、私は五歳になってすぐに学園に入学して魔術について学んだ。

魔術を学び始めて数年が経過する頃には、全ての系統の特級魔術を発動することができるようになっていて、そんな私を教員である大人たちは天才だともてはやしてきた。

そして、それを決定付けたのが、最高峰の魔術と言われている【空間跳躍《スペースリープ》】について学んだときだ。

私は基本式を見た瞬間に【空間跳躍《スペースリープ》】の全てが理解できてしまい、術式構築に時間を掛けることもなく、即座に発動することができた。

その時、初めて自分が特異魔術士と呼ばれる存在であることを知った。

そして、常日頃から『天才』と言われ続け、更には特異魔術士であると知った私は、思い上がっていた。

自分が特別な存在であると――。

でも、大丈夫。

今の私は、自分がちょっと魔術の得意なだけの凡人でしかないことを理解している。

紆余曲折《うよきょくせつ》あって、《夜天の銀兎》に加入する頃にはたくさんの後悔を経験していたため、自分が特別だなんて思っていなかった。

だけど、それでも特異魔術士として、学園で魔術を学んできた者としての自負は、多少なりともあった。

でも、その自負も最近打ち砕かれた。――オルン君という存在によって。

彼の学習能力の高さは、常軌を逸している。

一言で言うなら〝天才〟かな。

私のプライドを完膚なきまでにへし折ったあの子以外にも、そんな天才が居るとは思っていなかったから、オルン君の存在には驚いた。

そんなオルン君は、《黄金の曙光》で付与術士をやっていたときから、【空間跳躍《スペースリープ》】を行使することはできたけど、並列構築に組み込むことはできなかったと聞いている。

だというのに、《夜天の銀兎》に加入して、私から【空間跳躍《スペースリープ》】の話を聞いた彼は、みるみるうちにその理解を深めていった。

まるで、私の知識や感覚を咀嚼《そしゃく》して、自分の血肉にしているみたいに。

この白蛇戦も、最初に【空間跳躍《スペースリープ》】を四つ同時に発動して、私たちをそれぞれ違う場所へ転移させていた。

それは、特異魔術士である私の十八番《おはこ》ともいえるもの。

言い方を変えれば、本来私以外に行使できるものではない。

しかしオルン君の実力は、それを行使できるほどまでに至っている。

一緒に居れば居るほど、私たちとオルン君の実力は釣り合っていないという事実を突きつけられているように感じる。

いつか彼はもっと上を目指すために、私たちの元を去ってしまうのではないかと、セルマと話したことがある。

だからもしも、オルン君がさらに上を目指して、彼が私たちの元を去るという選択を取った時は、悲しいけど笑顔で送り出したいと思う。

その時が訪れないといいなと思いつつ、今はお姉ちゃんとして私にできる限りのことで、オルン君に力を貸していきたいなと考えている。

――そう、私はお姉ちゃんだから。

『みんな、攻撃準備！』

頭の片隅で昔のことを思い出したり、オルン君のことを考えたりしながら、念話でみんなに声を掛ける。

白蛇の攻撃を再び【空間跳躍《スペースリープ》】で躱す。

そのあと隙を突いて、私たちは数度目の一斉攻撃を白蛇へ叩き込む。

◇　◇　◇

『ウィル、そろそろ大詰めだ。行けるか？』

俺は念話でウィルに声をかける。

白蛇との戦闘を始めて早数時間、白蛇も弱ってきて、ようやく殺せる目算が立った。

『ようやくか！　待ってたぜ、この時を！』

これまで分散して戦っていた俺たちだったが、俺の声掛けによって、レインさん以外のメンバーが所定の位置に集まる。

レインさんは最後まで白蛇を引き付けていて、何度目か数えるのも面倒な頭突きを白蛇はレインさんに繰り出す。

当然彼女はそれを【空間跳躍《スペーススリープ》】で躱し、俺たちの集まっている場所に転移してくる。

「……ふぅ。お待たせ。あとは任せたよ、オルン君、ウィル！」

流石のレインさんも【空間跳躍《スペーススリープ》】を百回以上発動していることで、疲労は結構溜《た》まっているようだ。

俺が同じ回数発動していたら確実にぶっ倒れているから、特異魔術士の規格外ぶりを再認識させられた。

「あぁ、任せとけ！」

レインさんの声に、ウィルが不敵な笑みを浮かべながら高らかに声を上げた。

俺たちが一ヵ所に集まったことで、当然白蛇はこちらに注意を向ける。

「――【魔剣創造《ディストラクション》】」

戦闘開始時から準備していた【魔剣創造《ディストラクション》】を発動すると、地面に巨大な魔法陣が現れる。

魔法陣の中心のから漆黒の塊が隆起する。

それにウィルが触れると、彼の右手に強烈なプレッシャーによって空間を振動させている魔剣が現れる。

ウィルが握る魔剣を警戒してか、白蛇はとぐろを巻くようにして防御態勢を取った。

それから、魔法で俺たちと白蛇の間にいくつもの巨木を出現させて、近づけないようにしている。

だが、もう勝敗は決している。

「ウィル、一直線に白蛇へ突っ込め！　進む道は俺がこじ開ける！　【陸ノ型《モント・ゼクス》】！」

ウィルに声を掛けながら、シュヴァルツハーゼを弓の形に変える。

弦を引き、矢のかたちをした収束魔力をつがえる。

「――震天《しんてん》」

狙い澄ましてから、漆黒の矢を射る。

【重力操作】によって増大させた重力波が、進路上周辺の巨木を粉砕し、矢は白蛇へと一直線に進んでいく。

白蛇へと届いた矢は、天閃と同様に魔力の拡散を起こし、その衝撃波が白蛇に襲いかかる。

それから白蛇の頭上に重力を発生させる。

先ほどの衝撃波とこれまでのダメージの蓄積で抵抗力の弱まっている白蛇は、重力に潰されることで、とぐろを巻いて防御態勢を取っていたはずが無防備に胴体を晒《さら》すこととなった。

その胴体に向かって一直線に駆けるのが、魔剣を握り締めているウィル。

ウィルが近づいていることに気づいて、白蛇が抵抗感を強めるがもう遅い。

「らぁぁぁ！」

白蛇の抵抗虚《むな》しく、ウィルが薙《な》ぎ払《はら》った魔剣が胴体に届く。

その剣撃に【瞬間的能力超上昇《インパクト》】を乗せる。

ウィルが振るう魔剣は、白蛇の胴体を斬り裂き、綺麗《きれい》な弧の軌跡を描いた。

◇

長時間にわたる戦闘の末に白蛇を討伐した俺たちは、南の大迷宮の九十四層へとやってきた。

「キャー！　白い！　さむーい！　あはは！」

吹雪が吹き荒れている九十四層で、ルクレが子どものようにはしゃいでいる。

「あれだけ魔術を発動しておきながら、まだはしゃぐだけの元気があるのかよ……」

ルクレのハイテンションな姿を見たウィルが、呆《あき》れたように呟く。

でも、それには同意する。

ルクレも、レインさんほどではないが、魔術をかなりの回数発動している。その回数は二桁には収まらない。

大量の並列構築や発動待機といった、脳に負担を強いることはあまりしていなかったとはいえ、疲労は相当なものであるはずだ。

それでもまだあれだけ元気なのは、彼女がタフであることの証左に他ならないだろう。

ちなみに、九十四層は極寒の空間となっている。

下層でも似たような階層は存在するが、ここは下層とは比較にならないほどに過酷な階層だ。

吹雪が常に吹き荒れていて、数メートル先が見えなくなるほどに視界が悪い。

更には、吹雪によって方向感覚が狂う可能性があり、深層という広大な空間で迷えば、氷点下を優に下回る気温によって体力が奪われ、向かう先は〝死〟となる。

《黄金の曙光》でも、九十四層に関しては本格的な探索をできていないため、俺自身もこの階層についてはは知らないことの方が多い。

「ついに来たね。九十四層」

ルクレのはしゃいでいる姿に微笑《ほほえ》ましい視線を向けていたレインさんが、改めて周囲を見渡してから口を開いた。

「あぁ。これで曙光に追いついた。後は超えるだけだ」

レインさんの言葉に応答するセルマさんからは、強い意志が感じられた。

九十四層の情報はほとんどなく、物理的にも先が見えない。

ここの攻略は、これまでとは比較にならないくらいに大変なものになることは想像に難くない。

もしかしたら、脱落者も出てしまう可能性だって充分にある。

それでも最高到達階層を攻略して、未到達領域に踏み入れるからこそ、民衆から勇敢な探索者、

──《勇者》と呼ばれるんだ。

不安もあるはずだが、セルマさんは真《ま》っ直《す》ぐ前だけを見つめていた。

（セルマさんのこういうところが、周りの人を惹《ひ》きつけているのかもしれないな）

それからセルマさんたち四人が、九十四層の入り口にある水晶に自身のギルドカードをかざし、階層登録してから地上へと帰還した。


俺たちが地上に出た頃には、既に太陽が完全に沈んでいた。

しかし、大迷宮の入り口付近には大勢の人たちが居て、

「あ！　《夜天の銀兎》の人たちが帰ってきた！」

俺たちをいち早く見つけた人が、声を上げる。

そういえば、ブランカが発行していた今朝の新聞には、俺たちが九十三層の攻略に挑むことが大々的に書かれていたな。

俺たちが九十三層を攻略したという情報は、瞬く間にツトライル内に行き渡り、街全体がお祝いムードで湧き上がっていた。

やはり《黄金の曙光》の失墜は、市民にも大きなダメージを負わせていたのだと、街の盛り上がりを眺めて改めて感じた。

だからこそ俺は、これからも市民の期待に応えられる探索者で居続けたいと思った。

◇

　その翌日からは、新聞社の取材を受けたりスポンサー主催のパーティーに出席したりと忙しい日々を過ごし、気が付くと今年も残り数時間となっていた。

「今年はオルンが加入してくれて、私たちは大きく前進することができた。オルン、改めて《夜天の銀兎》に加入してくれてありがとう」

「ありがとう、オルン君」「ありがと～！」「サンキューな」

　突然セルマさんが、すごく柔らかい声で俺に感謝の言葉を投げかけると、他の三人もセルマさんに続くように感謝の言葉を口にしていた。

「……いきなりどうしたの？」

「今年ももう終わりだからな。改めて礼を言いたかったんだ。私たちがここまで来られたのは、間違いなくオルンのお陰だからな」

「そうよ。去年の今ごろの私たちには大きな壁が立ち塞がっていて、一歩も前に進めていなかった。そんな壁をオルン君が壊してくれた。私たちはオルン君に本当に感謝しているの」

「うんうん！　オルンくんがウチに来てくれてから、何もかもが上手《うま》くいってるもん！　今まではオルンくんに頼ってた部分が大きかったけど、ボクたちも九十四層に到達して少しはオルンくんに追いつけたと思うんだ。これからはボクたちがオルンくんに頼られるように頑張るよ！」

「そうだな。これから先、今まで通り上手くいくとは限らねぇけど、オレたち五人ならどんな苦難にも立ち向かっていけると思うんだ。だから、これからも一緒に頑張っていこうぜ！」

仲間一人ひとりから温かい言葉を貰《もら》う。

その言葉一つ一つに、色々な感情が揺さぶられる。

とても一言では言い表すことができない。

――――。

「……えっと、ありがとう。こういう時なんて言うのが正解なのかわからないけど、みんなの言葉、すごく嬉《うれ》しいよ。俺の方こそ、俺を仲間として受け入れてくれて、みんなには感謝している。今なら胸を張って俺の居場所はここだと言える。そんな場所ができたことが、何よりも嬉しい。だから、その、これからも、よろしく」

それからはお互いに今年の良かったことや反省点など、今年一年についての話に花を咲かせていた。

この一年は本当に貴重なものだった。

今年の初めは、まさかこんな年越しを迎えるなんて夢にも思っていなかった。

来年も今年以上の一年になることを願いながら、俺たちは今年の残り少ない時間を共に過ごした。

――それから数刻が経過し、四聖暦《しせいれき》六三〇年を迎えた。

言い換えるとそれは、俺にとってターニングポイントとも言える一年が訪れたということだ――。

第三章　Sランクパーティの集い

新年を迎えた。

と言っても、俺たちにとっては元日が特別な日というわけではない。

地域によっては、年を跨《また》ぐ数日間で特別な催しを行うところもあるが、この国ではそのような風習は無い。

そのため今日も、大抵の探索者は迷宮に潜っているはずだ。

俺たちもその例に漏れず、今日は南の大迷宮に潜る予定になっている。

昨日までは、九十三層攻略に伴う事後処理に追われてあまり迷宮に潜れていなかったが、今日からは再び探索者本来の活動に注力していく予定だ。

第一部隊の面々と探索前の打ち合わせをするために、探索部の区画にやってくると、図書館に併設されているテーブルで《黄昏《たそがれ》の月虹《げっこう》》のメンバーたちが打ち合わせをしていた。

「あ、ししょーだ！　おはよ～！　それと明けましておめでと～！」

俺の存在に、いち早く気が付いたキャロルが挨拶してくる。

「あぁ。明けましておめでとう。――ルーナ、ソフィー、ログも、おめでとう。今年もよろしくな」

その挨拶に返答すると同時に、他のメンバーたちへの挨拶を済ませる。

　すると、それぞれ挨拶を返してきた。

「……六十層の攻略に挑むのか？」

　彼女たちがテーブルに広げている、六十層の書類が視界に入ったため問いかける。

「はい！　今日僕たちは六十層の攻略に臨みます！　そして、Ａランク探索者になります！」

　俺の問いにログが代表して答える。

　ログだけでなく、ソフィーとキャロルの瞳も爛々《らんらん》と輝いていた。うん、良《い》い目だな。

「そうか。お前たちが普段の力を発揮できれば、六十層も攻略できるだろう。必要以上に気負う必要はない。良い報告が聞けることを祈っているよ。頑張れ、《黄昏の月虹》」

「はい、ありがとうございます！　オルンさんから勇気をいただけました！　絶対に六十層の攻略を成し遂げて見せます！」

　俺の言葉にソフィーがやる気満々といった具合に、両の拳をぐっと握って胸の前に持ってくる。

　それに続くように。ログとキャロルも思い思いに自分の言葉を紡いでいた。

　その言葉を聞きながら、ルーナに視線を送る。何かあったときはフォローを頼む、と。

　俺の無言のメッセージを受け取ったルーナが、任せろと言わんばかりに顔に喜色を浮かべて頷《うなず》いた。

　《黄昏の月虹》を見送った俺は、第一部隊の面々で集まって今日の打ち合わせをしていた。

そのタイミングで、

「やぁやぁ！　みんなおはよう！　そして明けましておめでと～！　今年もよろしくねん♪」

探索管理部長であるエステラさんが現れた。

「エステラ？　あぁ、おめでとう」

突然やってきたエステラさんに、戸惑いながらも返事をするセルマさん。

それに続いて俺たちも彼女に年始の挨拶をする。

「今日は打ち合わせの予定はなかったよな？」

セルマさんが予定を忘れてしまっていたのかと、焦りを滲《にじ》ませながらエステラさんに確認をする。

「大丈夫、打ち合わせの予定はなかったよ。だけど、急遽《きゅうきょ》みんなに伝えておかないといけないことがあったから、こうしてわたしがやって来たのさ！」

急遽伝えないといけないこと？　何かトラブルでもあったのか？

「貴女《あなた》がわざわざ来るってことは、何か大変な事態でも起こったの？」

俺と同じ思考に至っていたレインさんが、エステラさんに問いかける。その言葉で部屋の空気が緊張感に包まれるのを感じた。

「ううん。特にトラブルが起こったとかじゃないよ。実は《翡翠《ひすい》の疾風《はやて》》から交流会のお誘いがあったの」

「……交流会？」

　エステラさんの口から出てきた単語を、ウィルがオウム返しする。

「そう！　明日から定期的に、現在南の大迷宮で活動中のSランクパーティである《夜天《やてん》の銀兎《ぎんと》》、《赤銅《しゃくどう》の晩霞《ばんか》》、《翡翠の疾風》のパーティメンバーで集まって、意見交換などの交流をしようって催し物なんだってさ」

「その話が私たちまで来るということは、スポンサーも了承済みということでいいのか？」

　セルマさんが問いかける。

　確かに交流会で一番得をするのは《翡翠の疾風》だ。

　対してウチは、大したメリットを見込めない。本来なら、スポンサーがそんなもの却下するはずだが……。

「そうなるね～。この背景には、これから行われる王国と帝国の首脳会談が影響してるみたい」

　首脳会談か。俺は事前にアザール公爵から聞かされていたから知っていたが、先日新聞で首脳会議について取り上げられていたから、今では周知の事実となっている。

《夜天の銀兎》のスポンサーの多くが、王国北部に多大な影響力を持つエディントン伯爵が中心となっている派閥だ。

　対して《翡翠の疾風》は、ノヒタント王国南部の大貴族であるシルヴェスター伯爵が中心となっている派閥から支援を受けている。

　そして帝国は王国の北部と接している。

その辺りで、パワーゲームに変化があったと考えるのが自然か。貴族の事情をこちらに持ち込んで欲しくはないが、貴族からの支援を受けているのだからこの辺りは割り切らないとな。

「……まぁ、決まっちゃったものは仕方ないね」

全員思うことがあり、変な空気が流れていたところでレインさんが口を開いた。

「レインの言う通りだ。避けられない以上前向きに捉えよう。この件については、私たちにも利点が全くないというわけでもないのだから」

「そうだね。他のクランと情報交換ができる機会はそう多くないから、やるなら有意義なものにしよう。曙光《しょこう》に居た俺からすると、《夜天の銀兎》で当たり前とされていることでも、新鮮に感じることや新しい発見もあった。赤銅や疾風から学べることも多くあるはずだから」

レインさんの言葉に乗っかるように、セルマさんと俺も口を開く。

決まったことを嘆いていても何も始まらない。

同じことだとしても、受け取り方次第では、それがプラスにもマイナスにも働く。だったらプラスに持っていけるように、心持ちから変えていかないと。

「確かに、オルンくんが曙光《しょこう》で当たり前にやっていたことを教えてくれたときも、ボクたちからしたらすっごく新鮮だったもんね！　今回も新しい発見があるかも！」

「だな。やるからには無駄な時間にしないためにも、真面目に取り組むか」

全員今回の件について、大なり小なり納得はしていないだろう。

それでもモチベーションを上げるためにみんなで声を掛け合う。

「良かった～。罵詈雑言《ばりぞうごん》が来ないかって、ひやひやしてたんだ～」

そんな俺たちを見て、エステラさんも安堵《あんど》の表情を浮かべながら雰囲気が普段のものに戻っている。

「そんなことしねぇよ。流石《さすが》にここでエステラを責めるのは筋違いだろ」

「おぉ！　ウィルっちがそんなこと言ってくるなんて……。昔のウィルっちからは想像できないね！　いや～、成長してくれたみたいでわたしは嬉《うれ》しいよ！」

「どこから目線だよ……。オレとお前は大して年齢変わらねぇだろ」

◇

そんなこんなで、Sランクパーティ交流会についてエステラさんから話を聞いた俺たちは、予定通り迷宮探索を行った。

そして交流会の前夜祭として、《翡翠の疾風》から彼女らが経営する料理店に招待されていたため、今は第一部隊の全員でそちらへと向かっているところだ。

「良い、フウカ？　今日は他所《よそ》の人たちも集まるんだから自重しなさいよ。いつもみたいなバカ食いは絶対しちゃダメだからね？」

「……？　バカ食いなんてしないよ？」

「本当にわかってるのかしら……」

招待された店へと向かう途中で、フウカと彼女に苦言を呈しているカティーナさん、その後ろで苦笑いを浮かべているハルトさんとヒューイさんが別の路地から現れた。

「お、《赤銅の晩霞》じゃねぇか」

その四人に気が付いたウィルが声を掛ける。

「おぉ、久しぶりだな、ウィルクス！　他のみんなも！　あ、そだ。九十四層到達おめでとさん」

ウィルの声に、いち早く反応したハルトさんが挨拶と共に、九十三層の攻略達成について祝してくれた。

「サンキュー、ハルトさん。そっちも《翡翠の疾風》の店に向かっているのか？」

「あぁ。そうだ。目的地は同じみたいだし、一緒に行こうぜ」

ハルトさんのその言葉で、俺たちは九人で目的の店へと向かうことにした。

九人で纏《まと》まって歩いていると、フウカが一直線にこちらに近づいてくる。

「オルン、久しぶり」

「あぁ。久しぶりだな、フウカ」

フウカと直接顔を合わせている回数は多くないが、あまり自分から話しかけるタイプには見えなかったため、彼女から声を掛けてきたことに少々驚きつつも返答する。

「最近何か変わったことある？」

フウカが、俺の顔をジッと見つめながら問いかけてくる。

相変わらず表情に変化が少ないため感情が読めないが、その瞳は真剣なものに感じる。少なくとも、世間話をしようとしている表情には見えない。

「そうだな……、やっぱり変わったことといえば帝国方面じゃないか？　近々国王と皇帝の会談もあるわけだしな」

「帝国方面のことは今はどうでもいい。そうじゃなくてオルン自身のことで変わったことってある？」

昨今で一番の出来事だというのに、どうでもいいって……。まぁ、確かにフウカはそういうことをあまり気にしていなそうだもんな。

「俺自身、か。それだったら、例のやつはかなり上達したぞ」

「例のやつって、氣《き》のこと？」

氣のことはハルトさんから他言を禁止されているが、フウカは俺がハルトさんから教えてもらったことを知っているため問題ない。一応その単語を伏せたが、フウカが簡単に口にした。

「そうだが、口外してもいいのか？」

俺の疑問を投げかけるとフウカがコクリと頷いてから口を開いた。

「聞いただけじゃ意味は分からないから大丈夫。それ以外は？」

彼女は俺から何かを聞きたそうにしているように見受けられる。

しかし、俺にはその〝何か〟がわからない。

「悪い。それ以外は思いつかないな」

「オルンがこの国の王女と親密だって聞いたけど？」

「…………。はっ⁉」

全く想定外だったフウカの言葉に、一瞬思考が止まった。彼女は突然何を言ってるんだ？

「……？　王女と結婚するんじゃないの？」

フウカがコテンと首をかしげながら、追撃をしてくる。

「待て待て待て！　誰からそんな話を聞いた⁉」

「情報源は秘密。でもその反応、王女と結婚するのは本当なんだ」

「いやいや！　その情報、誤りだから！　そんな関係でもなければ、結婚の予定もないから！」

「……そうなの？」

何か期待しているような瞳で、フウカが問いかけてくる。

「あぁ。確かにそんなことを言われたけど、彼女も俺をからかっていただけだよ。仮に、万が一にも彼女が本気だったとしても、今の俺は自分のことで手一杯だから。少なくとも今は、誰ともそんな関係になるつもりは無いよ」

「そう。良かった」

俯《うつむ》きがちにそう呟《つぶや》くフウカの表情には、僅かに笑みが浮かんでいた。

……あれ？　フウカはどうしてそんな反応を……？

その呟きを最後にフウカは口を閉ざした。

会話はそこで一旦終わったものの、俺から離れて他の人のところへと向かう素振りは見せず、この無言の雰囲気も若干気まずかったため、次は俺から話題を提供することにした。

（フウカといえば『食』だよな）

「そういえば、フウカは今向かっている『そよかぜ亭』に行ったことあるか？」

俺がフウカに問いかけると、彼女はふるふると首を横に振った。

「あそこは大衆向けの中でも、探索者をメインターゲットにしている店なんだ。俺は過去に何度か行ったことがあるんだけど、かなり美味《うま》かったぞ。探索者をターゲットにしているだけあって、ボリューム満点な料理や疲労回復の効果がある食材を使った料理が多い印象だな」

「ボリューム満点ってどれくらい？」

そよかぜ亭について軽く説明をしたところフウカが食いついた。

相変わらずの表情ではあるが、目を興味津々といった具合にキラキラと光らせている。

「そうだな、成人男性でも満足できる量といったところかな。逆に言うと、女性だと食べきれないかもしれない」

「俄然《がぜん》楽しみになった。オルン、早く行こう」

フウカはそう言うと、歩くスピードを上げる。

「フウカ、落ち着け。今回は食事会だから、俺たちだけ早く店に着いても、すぐに食事にはありつけないぞ？　むしろ、美味《おい》しそうな匂いがする空間で我慢する必要がある」

「……それは困る。そんな拷問は受けたくない」

拷問って……。確かにお腹《なか》が空いているのに、食事が摂《と》れないのは辛《つら》いことではあるが……。

「だったら、のんびり歩いていこう。にしても、フウカは本当に食事が好きなんだな」

「……？　嫌いな人っているの？」

フウカがコテンと首をかしげる。

「まぁ、確かに嫌いって人はいないと思うが、俺がそう思うくらいにフウカは食事に貪欲だなと思ってさ」

「それはヒティア公国に居た頃に仲良くなった人に、色んなところへ連れて行ってもらったのが切っ掛けだと思う」

「フウカはヒティア公国に居たこともあるんだな。にしても、フウカにそこまで影響を与えるほどの人物か。どんな人か気になるな」

「いつか紹介してあげる。オルンが相手なら、彼女も喜んで会ってくれると思うから」

「その人は女性なんだ。ちなみに何て名前なんだ？」

「シオ――」

「シオ？　それが、その人の名前か？」

「ううん、シオを使った料理が絶品だったのを思い出しただけ。彼女の名前は秘密」

……何か誤魔化した？

彼女は言葉数こそ少ないが、はっきり言うタイプだと思っていたから少し気になる。だが、突っ込むのも野暮かな。

「塩を使った料理？　へぇ、フウカが絶品というくらい美味しいなら俺も食べてみたいな」

「……うん、今度連れて行ってあげる。だから一緒にヒティア公国に行こう？」

「そうだな。機会があったら、その時はお願いするよ」

「うん、約束。絶対にオルンをヒティア公国に連れて行くから。その時は彼女にも会わせてあげる」

フウカの今の言葉には、普段よりも色々な感情が込められているように感じた。気のせいだろうか？

「あぁ。楽しみにしておくよ」

◇

目的地であるそよかぜ亭へと到着した俺たちが店の中に入ると、既に《翡翠の疾風》のメンバーが揃《そろ》っていた。

「やぁ、待ってたよ。ようこそ、そよかぜ亭へ！」

彼女たちが俺たちの到着に気づくと、エメラルドグリーンの髪をショートカットにしているボーイッシュな女性が代表して声を掛けてきた。

彼女の名前はローレッタ・ウェイバー。《翡翠の疾風》のエースで、俺がこの前の武術大会の初戦で戦った人だ。

みんなで軽く言葉を交わしてから、それぞれ適当な席に着く。

「それでは改めて、今日は突然の招待にもかかわらず足を運んでくれてありがとう」

全員が席に着くと、ローレッタさんが目立つ位置に移動してから挨拶を始める。

「今回は新参者である私たちの誘いを受けてくれてありがとう。深層へと至った探索者同士で情報交換ができる機会は貴重なはずだから、私たちだけでなく《夜天の銀兎》や《赤銅の晩霞》にとっても今回の交流会が有意義な時間となるよう私たちも努力するよ」

ローレッタさんは真っ直《ます》ぐな目で、なおも俺たちに語りかける。

「今日は無礼講で行きたいと思っている。明日の交流会に向けてというのもあるけど、普段の立場は一旦抜きにしてみんなと仲を深めたいからね。セルマも大丈夫かな？」

い、いい、貴族の娘であるローレッタさんが、同じく貴族の娘であるセルマさんに確認を取る。

ローレッタさんはセルマさんに親しげに声をかけているが、彼女らは貴族院の同級生であり、お互い探索者であることから卒業後も親しくしていると、以前セルマさんから聞いた。

貴族の人間が探索者をしていることも、この国では珍しくない。とはいえ下層まで到達する貴族は、あまりいないけどな。

「あぁ、問題ない。私はこの場に《夜天の銀兎》の探索者として来ているつもりだからな」

セルマさんの返答を受けたローレッタさんが満足気に頷くと、飲み物の入ったグラスを手にした。

「それじゃ、早速乾杯をしようか。料理と飲み物は既に行き渡っているかな?」

俺たちもローレッタさんに続くように自分のところに置かれていたグラスを手にする。

「それでは、Sランクパーティが一堂に会した記念を祝して! ——乾杯!」

「「乾杯!!」」

ローレッタさんの挨拶が終わり、懇親会が始まった。

「そういえば、兎と赤銅のみんなに聞きたいことがあったんだ」

当たり障りのない会話が一区切り付いたところで、ローレッタさんが口を開いた。

「聞きたいこと?」

「そう! 去年の二月くらいに当時のSランクパーティだった曙光、兎、赤銅の三パーティ合同で、地上に現れたドラゴンを討伐したときのことについて」

「あー……、そんなこともあったな。そういや、まだあれから一年経《た》ってないんだな。随分と昔の話って感じがするが」

ローレッタさんの言葉に、ハルトさんが遠い目をしながら呟くように声を発した。

(共同討伐、か。懐かしいな)

共同討伐は、俺が《黄金《おうごん》の曙光》を追い出された直接の原因とも言える出来事だ。追い出されたことについては既に割り切っているし、今となっては嫌な思い出ではなくなっているが。

しかし、共同討伐のすぐ後にフィリー・カーペンターが曙光に加入したことや、《シクラメン教団》の人間が魔獣を従えていた事実などを思い返すと、共同討伐の一件も教団が裏で手を引いていたと考えずにはいられない。

「だな。オレも随分と前の出来事って気がする。当時は《夜天の銀兎《ウチ》》が内部的に色々とバタついてたってこともあるんだろうが」

「確かに、その後にオルン君が単騎で深層のフロアボスを倒したり、《勇者》が暴走したり、帝国の侵攻があったりと、本当に色々あったからね」

ハルトさんの呟きにウィルが同意すると、ローレッタさんが昨年の大きな出来事を挙げる。

「それで、ローレッタさんは共同討伐の何について聞きたいんですか？」

俺が改めてローレッタさんに話を振ると、彼女は真剣な表情で口を開いた。

「色々と気になることはあるけど、一番はなんでわざわざSランクパーティを三つも派遣したのかってこと。話せる範囲で構わないけど、もしかして地上に現れたドラゴンは深層の魔獣なんかよりも強力だったのかい？」

共同討伐はギルドによって情報統制されている。その理由まではわからないが、国家から独立した機関であるギルドが情報を伏せたら、いくら貴族の伝手《つて》があっても調べるのは困難を極める。だからローレッタさんはこのタイミングで聞いてきたのだろう。

「いや、全然。ぶっちゃけ雑魚《ざこ》だったな」

ローレッタさんの質問に、ハルトさんがあっけらかんと答える。

その回答を聞いた彼女は、目を瞬《まばた》かせてから「え、そうなの？」と、残念そうに零《こぼ》す。

「ま、こっちが過剰戦力だったたってのもあるんだろうがな。それでも九十二層のフロアボスである黒竜の方が、断然強ぇんじゃねぇのか？」

ハルトさんがそう言いながら俺とウィルへと視線を向けると、その視線を追うようにしてローレッタさんもこちらへと顔を向ける。

俺の右に居るフウカは相変わらず我関せずといった感じで、目の前の料理に夢中なままだ。

「どうだろうな。オレも共同討伐で戦ったドラゴンは強くは感じなかった。でもそれは、ハルトさんの言った通りあれだけのメンバーが揃っていれば当然って気もする。オルンはどう思う？」

ウィルが自分の意見を言ってから、俺に振ってくる。

「どちらもドラゴン——竜種の魔獣ではあるが、タイプが全然違うから単純な比較はできないと思う。ただ、あの時に戦ったドラゴンなら、どこか一つのパーティでも難なく討伐はできただろうから、そういう点で考えれば黒竜の方が強敵と判断していいだろうな」

「うーん、三人とも三パーティで当たるのは過剰だったって見解なんだね。それじゃあやっぱり、なんでわざわざ三パーティも派遣することになったんだろう？」

俺の考えが正しければ、共同討伐の最大の目的はセルマさんと曙光メンバーを掛け合わせるためだと考えている。

当時の俺は、オリジナル魔術を駆使して曙光メンバーをサポートしていたが、肝心で尚且《なおか》つ一番効果を実感できる支援魔術基本六種の効果については、残念ながらセルマさんと比べるとかなり劣るものだった。

実際にオリヴァーが俺とフィリー・カーペンターを入れ替えると決断した最大の理由はこれだった。

だけど、これを馬鹿正直に語るのはあまり良いことだとは思えない。

考えすぎかもしれないが、フィリー・カーペンターはフォーガス侯爵に近づいて好き勝手やっていたと聞いている。

そんな人物が他の国内の貴族にちょっかいを出していないとも限らないのだから。

「色々と思惑は考えられますが、地上への被害を抑えるために一刻も早く討伐する必要があった、というのが一番の理由でしょうね」

「と、言うと？」

そこで俺は、無難な理由でローレッタさんを納得させることにした。と言っても、これも三パーティが派遣された理由の一つではあるから嘘《うそ》ではないはずだ。

「共同討伐で倒したドラゴンは、黒竜とタイプが違うと言いましたよね？」

俺の問いに、ローレッタさんが首を縦に振ったのを確認してから、更に話を進める。

「一番の違いは大きさです。共同討伐のドラゴンは異常にデカかったんですよ」

「それって、どれくらい？」

「都市以外のそこそこの規模の町なら数歩歩けば壊滅させられるくらい、と言えば想像できますか？」

「……具体的な想像ができないけど、バカデカい魔獣だってことはわかったよ」

「そんなのが地上に現れれば、ソイツが少し動くだけでも、周囲に甚大な被害がもたらされるのは想像に難くないでしょう。なので、当時のトップパーティが一堂に会して討伐に当たったんです」

「ま、そんなバカデカければ目立つはずなのに、あの日までどこに居たのかとか、共同討伐について調べたローレッタが魔獣の特徴すら知らないほどに全てが隠匿されていることとか、色々疑問は残るがな」

俺がローレッタへの説明を終えると、補足するようにハルトさんが未《ま》だ解決していない疑問や新たに発生した疑問について投げかけてくる。

魔獣は迷宮で生まれ、基本的に一生その迷宮内で過ごすことになる。

ただし、稀《まれ》に階層入り口にある水晶が効かない個体や、原因不明の氾濫によって、魔獣が地上に出てくることはある。

以前の俺は、共同討伐で戦ったドラゴンはそのどちらかによって地上に出てきて、人目の付かないところで長い間過ごしたことで、進化に近い成長を遂げた魔獣だと何となく考えていた。

ただ、《シクラメン教団》のオズウェル・マクラウドは、黒竜の死体から黒竜を複製したような発言をしていた。

もしかしたらあの時の魔獣も……。

「そうだったんだ。話をしてくれてありがとう」

◇

以降も、主催者であるローレッタさんが上手《うま》く話題を振ってくれたり、食事ペースが一向に落ちないフウカの前に積まれた空の皿の数に驚かされたりと、終始楽しい食事会となった。

食事会を終えて、二次会へと向かう人たちを見送った俺は、一人で自室のある寮へと帰って来た。建物の中に入ると、エントランスの共有スペースで寛《くつろ》いでいる《黄昏の月虹》のメンバーが視界に映る。

「あ！　ししょーが帰ってきた！　ししょー、おかえり～！」

すぐさま俺に気づいたキャロルが、いつもの笑みを浮かべながら俺の元へ駆け寄ってくる。

「ただいま。その表情ってことは良い報告が聞けると思っていいのか？」

キャロルに声を掛けていると他の三人も俺の近くまでやってきた。

そして弟子たちが満面の笑みを浮かべていて、

「はい！　見てください！」

ログが代表して口を開きながらギルドカードを見せてくる。そのカードには『六十一』と記載されていて、みんなが南の大迷宮の下層へ到達したことを証明していた。

それを見た俺は、自然と頬が緩んでいくのを自覚する。

「三人ともおめでとう。これでお前たちもAランク探索者だな」

「これもオルンさんの教えのお陰です！　ありがとうございます！」

「いつも言っているが、お前たちが成し遂げていることはお前たち自身の努力の結果だ」

「師匠はそう言ってくれますが、それでも僕たちは師匠に感謝しているんです！」

「……そうか。それじゃあ、その感謝は素直に受け取っておこう。——ルーナも三人を導いてくれてありがとう」

弟子たちの後ろで、微笑《ほほえ》ましげな表情を浮かべているルーナに声を掛ける。

「いえ、実は私はほとんど何もしていません。この結果はこの子たち自身が摑《つか》んだものですよ」

それから全員で、エントランスのソファーに腰掛けて会話をすることにした。寮の入り口で長々と話すわけにもいかないからな。

61

「それでね！　あたしたち、初めて新聞記者からインタビューを受けたんだ〜」

キャロルの発言を聞いて、今日新聞社であるブランカが《夜天の銀兎》のAランクパーティに対してインタビューをするという話を思い出した。

タイミング良く《黄昏の月虹》もAランクパーティに上がったため、そのインタビューの対象となったのだろう。

「それは良かったな。お前たちはこれからどんどん世間に認知されていくことになるはずだ。だから、この早いタイミングでインタビューを受ける経験ができたのはいいことだと思うぞ。記者からインタビューを受けてどうだった？　緊張したか？」

「はい。すごく緊張しました。ここで話したことがいつも読んでる新聞に書かれるのかと思うと、上手く話せませんでした……」

俺が質問をすると、ソフィーがしょぼんとした表情で答える。

どうやらログも似たような思いを抱いているようで、ソフィーと同様少し落ち込んでいるように見える。

「それには慣れていくしかないな。新聞社を上手く使えるとかなり立ち回りが楽になるんだ。クランに所属しているからその辺りは深く考える必要は無いが、Aランク探索者になると大迷宮の階層を進めること以外にも、やることや考えることが増える。戸惑うこともあると思うが、わからないことは俺やルーナに質問して新しいことにも怖がらず貪欲に取り組んでほしい」

「「「はい！！！」」」

「それにしても、今日受けたインタビューの内容がどんな記事になるのか楽しみだな～！」

緊張気味なログやソフィーとは反対に、キャロルは記事の内容が楽しみなようだった。

「今回のインタビューは《夜天の銀兎》のAランクパーティに関する記事を書くためのもののはずだから、《黄昏の月虹》について書かれることは少ないと思うぞ」

──と、言ったものの、俺の予想に反して後日発刊された新聞には、《黄昏の月虹》について詳しく触れられたうえで、今一番勢いのあるパーティとして書かれていた。

よくよく考えてみれば、セルマさんの妹であるソフィーや元勇者であるルーナが所属していたり、メンバー全員が異能者であったりと、話題に事欠かないパーティだもんな。

◇

それから約一週間、Ｓランクパーティ交流会と称して《赤銅の晩霞》や《翡翠の疾風》のメンバーたちと様々な情報交換をしたり、第一部隊で迷宮探索や九十四層攻略に向けた準備をしたりしているとあっという間に時間は過ぎていった。

そんな折、いつも通り新聞に目を通していると、信じがたい記事が飛び込んできた。

内容を一部抜粋する。

『先日行われた、ノヒタント王国とサウベル帝国の国主による会談——通称、首脳会談——にて、帝国が再び凶行に走った。

帝国はあろうことか、会談の場に大量の帝国兵を投入し、王国の人間へ攻撃を仕掛けてきたのだ。

当然、王国側も抵抗したものの、その抵抗むなしく、王国側は帝国兵によって壊滅させられた。

帝国のこの行動は、決して赦《ゆる》されるものではない。

我々ノヒタント王国民は、国王陛下をはじめとした会談出席者の冥福を祈るとともに、帝国を糾弾しなくてはならない。

今こそ我々は、手を取り合って帝国と戦わなくてはならない——』


「色々と可能性を考えていたが、これは、その中でも最悪の部類だな……！」

記事を読み終えた俺は、思わず声を漏らす。

王国と帝国が戦争に発展するのも、時間の問題だろう。

そして、俺たちも否応《いやおう》なくそれに巻き込まれることになる。

そんな予感が、頭をよぎった。

幕間《まくあい》　生き残った者

◇　◇　◇

　ノヒタント王国の国王とサウベル帝国の皇帝による首脳会談の場に、突如として真っ赤なローブを頭から被《かぶ》っている十人ほどの集団が会場に現れた。

「……これはどういうことだ、ヘルムート皇帝」

　国王が皇帝に対して、突然現れた赤衣の集団について問いかける。

「余にもわからんよ。いきなり《シクラメン教団》の組織員がここに現れるなんて、こちらも想定外の出来事なのだから」

　皇帝の返答を聞いたウォーレンが、即座に国王を庇《かば》うようにしながら警戒を強め、他の近衛兵《このえへい》も臨戦態勢を取っている。

「一応、従者の身で発言する無礼について詫《わ》びとく。そんでもって質問なんだが、なんでこの赤衣の集団が《シクラメン教団》だとわかったんだ？　この一瞬で教団の人間だと断言できるのは、最初から正体を知っている人間だけだと思うのは俺だけかね」

「王国の《守護者》、口は禍《わざわい》の元だと知らないのか？」

皇帝から《守護者》と呼ばれたウォーレンは、不敵な笑みを浮かべる。

「悪ぃな、こちとら好奇心の強い人間なもんで」

「残念だ。このまま正体不明の集団に襲われたとしておけば良かったものを」

「はっ、何言ってんだ、アンタが教団の人間であると口を滑らせただけ――がはっ！」

ウォーレンが皇帝に向かって煽《あお》るような口調で言葉を投げていると、彼は突如後方へと吹き飛ばされ、壁に叩《たた》きつけられていた。

「《守護者》は俺が抑える。お前らは他の連中を始末しろ」

ウォーレンを吹き飛ばした張本人である帝国の皇太子フェリクスが、席から立ち上がりながら赤衣の集団に指示を飛ばす。

その指示を受けた赤衣の集団が、それぞれ武器を手にして王国の人間たちに襲い掛かる。

「おい、ふざけん――」

「お前の相手は俺だ、《守護者》」

ウォーレンが攻勢に出た赤衣の集団を止めようと動き出すが、いつの間にかウォーレンの傍《そば》まで移動していたフェリクスが、異能を行使したことで再び吹き飛ばされる。

今度は先ほど以上の勢いで吹き飛ばされ、壁をぶち破り会談の会場から強制的に退場させられた。

いくつかの壁を破りようやく勢いが収まったところで、ウォーレンは受け身を取って地面に足を付ける。

「……痛《い》ってぇな。……これは、流石《さすが》に冗談じゃ済まされねぇぞ、《英雄》さんよぉ……！」

ウォーレンが怒りの形相で、近くまでやって来たフェリクスにドスの利いた声を向ける。

「冗談なわけあるか。これも、帝国が世界に覇を唱えるために必要なことだ」

「良《い》い歳《とし》して寝ぼけたこと言ってんじゃねぇよ。世界を相手にするつもりか？」

「世界が帝国に歯向かうのであれば、それらを叩き潰す以外の道は無い」

（……コイツ、なんか変だ）

虚《うつ》ろな目をしたフェリクスの言葉にウォーレンは疑問を覚えた。

彼らが言葉を交わすのは今日が二度目だ。

一度目は三年ほど前、外交の一環として模擬戦をした時となる。

お互い模擬戦では全力を出していなかったが、その時にウォーレンは理解していた。フェリクスとの埋められようもない実力の差を。

ウォーレンが純粋な実力差で敗北感を味わったのは、二十年前に自分たちを助けてくれた隻眼の剣士以来であり、ウォーレンの中で、フェリクスはその隻眼の剣士に次ぐ化け物という認識になっている。

とはいえ、ウォーレンはフェリクスに対して悪感情を持っているわけではない。

それは模擬戦の後に二人で話す機会があり、その時の印象は国や世界の安寧を願う好青年であったためだった。

しかし、今ウォーレンの目の前に居るフェリクスは、当時の印象からかけ離れすぎた破壊の権化にしか見えない。

(たった三年で性格がこんな正反対みたいになるか？　いずれにしてもあの虚ろな目が気になる。こいつの態度から考えれば、洗脳を受けている方がしっくりこないか？　誰がこんな化け物に洗脳を施せるんだって問題は残るが)

「お前、三年前に会った時に言ってたよな？　『帝国に住む全ての人間が笑って過ごせる国を作りたい』って。今のお前の行動は、その理念に基づいた心の底から正しいと言えるものなのか？」

「敗者には何も残らない。なら勝ち続けるしかない。違うか？」

「その意見に一理あることは認める。だが、敵を、考えの違うやつらを倒し続けたら、最後に残るのは自分だけになるぞ？　そんなの虚《むな》しいだけだろ。断言してやる、お前が今進んでいるその道の先に、お前の理想とする未来は無い！」

これまで能面のように表情の無かったフェリクスが、ウォーレンの言葉を受けて顔を顰《しか》める。

「うるさい……、黙れ……！」

「いいや、黙らねぇ。目を逸《そ》らしてしてんじゃねぇよ！　お前は暴力で支配したいのか!?　違うだろ！　だからそこをどけ！　俺は陛下を護《まも》らなきゃならねぇんだ！　一緒に皇帝の愚行を止めるぞ！」

ウォーレンは剣の切っ先をフェリクスに向けながら、なおも声を投げかける。

対してフェリクスはまるで頭痛に耐えているかのように頭を手で押さえて、「黙れ、これが正しいんだ……！」と小さな声で自分に言い聞かせるように声を漏らす。

フェリクスがうめきながら、ウォーレンを遠ざけるために、再び異能を使って吹き飛ばそうとする。

ウォーレンが前に突き出していた切っ先が、斥力と触れた。

その変化を瞬時に感じ取ったウォーレンは、自身に向かってくる斥力を受け流す。

フェリクスの攻撃を難なく対処したウォーレンが、常軌を逸した速度でフェリクスとの距離を詰める。

支援魔術を発動する時間すらなかったにもかかわらず、ウォーレンが人間離れした動きを可能にしている理由は、彼が氣《き》の操作を習得しているためだ。

ウォーレンは長い戦いの中で、自力で氣の存在に気づき、遂《つい》にはそれを自在に操るだけの技量を身に着けていた。

「目を覚ましやがれっ！」

フェリクスに肉薄したウォーレンが左の拳を振るう。

しかしそれは、斥力の力場に阻まれる。

そのままウォーレンを地面に縛り付けるために、フェリクスが引力を操作した。

それを感じ取ったウォーレンは、即座にその場から離れる。

「ちっ……。まったく、異能者ってやつはホント理不尽の塊だな。定石も何もあったものじゃねぇ」

ウォーレンが冷や汗を流しながら、愚痴を零《こぼ》す。

「諦めろ。まぐれで俺の攻撃を凌《しの》ごうが、いずれはお前が負ける。お前の攻撃が俺に届くことは無いのだから。勝負は目に見えている」

フェリクスが冷淡に言い放つ。

「だから、諦めて素直にお前らに殺されろってか？　冗談抜かすのも大概にしとけよ。全力で抗《あらが》うに決まってんだろうが!!」

ウォーレンが声を荒らげながら、再びフェリクスへと突っ込んでいく。

それを見たフェリクスが「無駄なことを」と憐《あわ》れむように呟《つぶや》くと、自身も剣を握る。


異能。それは本来人間が持ち合わせていない別種の力の総称だ。

対して氣は人間が元来持っている力となる。

そして、不純物《異能》を持たない人間は、氣の極致へと至れる権利を持つ。

氣の極致へと至った者は、自身の氣に特性が加わる。

それ故に、氣については徹底的に隠匿され続けてきた。

ウォーレン自身、自分が扱っている力が氣であると認識していない。

それでも、圧倒的な戦闘センスと数十年間の戦いの経験が、ウォーレンを氣の極致へと至らせていた。

ウォーレンの氣の特性――極致点は〔破魔〕。文字通り魔を打ち破ることができるというもの。

それは、氣を秘匿した者らが最も警戒する異能者の天敵ともいえるものだった。


ウォーレンが自身の剣に氣を纏《まと》わせ、それを振るう。

そして〔破魔〕の剣が、フェリクスの周りを覆う斥力の力場を容易に斬り裂いた。

（異能者は、自分の異能に絶対の自信を持っている。だからそれに狂いが出たとき、連中は例外なくその現実を受け止めるために時間が掛かる。その時間は致命的な隙に――――っ⁉）

斥力の力場を斬り裂かれたフェリクスは、驚きに目を見開くが、即座に迫ってくる剣を自身の剣で受け止める。

「マジ、かよ……」

思わず声が漏れたウォーレンは、その瞳を大きく揺らしていた。

「お前も俺の異能を相殺する術を持っていたんだな。だったら別の手段を取るだけだ」

フェリクスがそう呟きながら、ウォーレンが、それを自身の剣で受け流す。

動揺から回復したウォーレンが、ウォーレンの剣をはじき、二の太刀を振るう。

それから互いに、高速で何合も剣を打ち付け合う。

たまにフェリクスが攻撃魔術を挟むが、それらは〔破魔〕によってかき消される。

しかし、熾烈《しれつ》を極める剣の打ち合いは、突如として終わりを迎えた。

「――――は？」

ウォーレンが、戦いの最中とは思えない間抜けな声を漏らす。

それから自身の胸元に視線を向けると、火の槍《やり》がウォーレンの身体《からだ》を貫いていた。

ウォーレンは即座に〔破魔〕で火の槍をかき消すが、既に致命傷だ。

「ふんっ、いくら護りが堅いお前でも、《英雄》が相手となれば、全神経をそちらに向ける必要があるよな。おかげで隙だらけだったぞ」

背後から聞こえた声の方向へと顔を向けると、そこには赤衣のローブを着た男が下卑た笑みを浮かべていた。

「お前、ゲイリー、か？」

ゲイリーとは、ウォーレンが探索者をしていた時に、同じく《金色の残響》に所属していた探索者の名だ。

ゲイリーは《金色の残響》が解散した後、解散の原因となった出来事から、彼らを救ってくれた隻眼の剣士の組織に所属している。

「正解だ。久しぶりだな、ウォーレン。ほら、再会を祝してお前に贈り物だ」

そう言いながら、ゲイリーが無造作に何かを放る。

自分の足元付近に落ちたそれを確認したウォーレンが絶句する。

「へい、か……？」

それは、ノヒタント王国国王の生首だった。

「勿論《もちろん》他の連中も既にあの世だからな？　《守護者》なんて大層な異名で呼ばれているにもかかわらず、誰も護れなかったなんて滑稽だな！　あはは！」

「っ！　ゲイリー！　貴様ぁ‼」

ゲイリーのふざけた態度と、誰も護れなかった自分の力不足を前に、ウォーレンが激昂《げきこう》する。

「吠《ほ》えるなよ、負け犬が。それに腸《はらわた》が煮えくり返っているのはこっちだ！」

ウォーレンの言葉を受けてゲイリーが怒りを発露すると同時に、ウォーレンの頭上に複数の魔法陣が現れ、雷の矢が降り注ぐ。

致命傷と怒りで視野が狭くなっていたウォーレンは〔破魔〕が間に合わず、いくつもの雷の矢が身体を貫く。

「く、そ、が……！」

ゲイリーの攻撃に耐えきれなくなったウォーレンが、遂に地面に倒れた。

「お前は二十年前のあの日俺たちを救ってくださった、ベリア様と敵対しようとしていた。そんなことは赦《ゆる》されない。あの世で悔いてろ、馬鹿が」

寂しげな口調で呟くゲイリーは、元《金色の残響》メンバーが自分以外残っていないことに多少の虚しさを感じながらも、その感情に蓋をする。

「ったく、《焚灼《ふんしゃく》》も無茶なことを言ってくれる。ウォーレンの死体は残しておけなんて面倒なことを……。というか、こんな死体を何に使おうとしてんだ？」

ウォーレンの死体を確認しながら、ゲイリーが愚痴を零す。

「本当に、ここまでやる必要があったのか……？」

横たわっているウォーレンを見下ろしていたフェリクスが、迷いを口にする。

「はぁ？　何言ってんだ、お前。もう賽《さい》は投げられているんだよ。言っておくが、幹部連中は帝国に執着なんてしてないぞ？　単に西を抑えるのに丁度良い場所に、帝国があっただけの話だ。そのことを自覚しろよ」

ゲイリーは、フェリクスの問いに呆《あき》れながらも現状を言い聞かせる。

「そう、だな」

なおも迷いの色を見せるフェリクスを冷めた目で見るゲイリーが、「これは、《導者《どうしゃ》》にもう一度【認識改変】をしてもらった方が良いな」と小さく呟いてから、フェリクスに声をかける。

「おら、仕上げはお前の仕事だろ。もう皇帝や他の帝国の人間は退避している。とっととやれ。俺には次の仕事があるんだから」

「……わかった」

ゲイリーの言葉を受けたフェリクスが異能を行使する。

建物が軋《きし》む音とともに倒壊を始める。

「これで一段落だな。お前は《博士》のところに戻って次の指示を仰げ。今の教団の指揮権はあの人が握っているからな。――さて、それじゃあ、俺は次のい王族殺しと行きますか。これを成し遂げれば、俺も晴れて幹部になれる。もっと近くでベリア様のお役に立てるんだ！」

崩れ始めた建物を見て、満足げなゲイリーは次の目的地へと歩を進め始めた。

そんな彼の次のターゲットは、ノヒタント王国の第一王女――ルシラ・N・エーデルワイスであった。

◇　◇　◇

「そんな、こんなことって……」

先ほどまで両国のトップが会談をしていた建物が倒壊し始めた光景を見て、ウォーレンの直属の部下である兵士――テッドが呟く。

彼は会談の場に《シクラメン教団》の連中が現れた直後、ウォーレンに外で今回の一部始終を確認して、それを本国へ持ち帰るよう指示を受けていた。

目立たない場所で【潜伏《ハイド》】を行使して身を隠しながら、自分たちの護衛対象や仲間の死に涙を流している。

「本当にひどい出来事ね」

「――っ⁉」

【潜伏《ハイド》】で背景に溶け込んでいたにもかかわらず、自分の存在を看破されたことに驚いたテッドは、即座に声が聞こえた方とは逆に跳んで距離を取る。

それから声の主を確認すると、そこには新緑色の髪に赤いマントを羽織っている女性――フィリー・カーペンターが無防備に佇《たたず》んでいた。

「お前、誰だ⁉」

「そんなことを聞くのが、今の貴方《あなた》のやることなのかしら？」

テッドの問いに、フィリーが呆れたような声を漏らす。

「違うでしょう？　今の貴方がやるべきことは、帝国兵の手によって王国の人間が貴方を除いて全滅した、という情報を本国に持ち帰ることでしょう？」

「…………。……そうだ、帝国兵が陛下や文官たち、隊長に俺の仲間たちを……！　あいつら、絶対に赦さねぇ……！」

「ええ、貴方の怒りは正当なものよ。だから貴方の怒りを火種に王国民の怒りという薪をくべなさい。きっとそれは貴方たちの大きな力になるわ」

「……あぁ。俺のやるべきことがはっきりとした。感謝するよ」

「礼は不要よ。帝国へ復讐するためにも、今は一秒でも早くその怒りを大きくしなければ、ね？」

「あぁ、そうだな！　本当にありがとう！」

フィリーの言葉を欠片《かけら》も疑っていないテッドは、彼女に感謝を伝えると、すぐさま王国へと帰る準備をするためにその場を後にした。

「……まぁ、こんなところでしょう。《博士》の指示通りのことはしたわけだし、今はここまでとしましょう。さて、次はどのタイミングで何を混ぜて場をめちゃくちゃにしましょうか。ふふっ、混沌《こんとん》とした状況は、考えるだけでゾクゾクしてくるわね」

フィリーがそう呟きながら、その場を後にする。

彼女は自身の目的のために、これからも波紋を生み続けるだろう。

その先が制御できない混沌であったとしても、仮に世界が壊れようとも——。

◇　◇　◇

「先ほどから城が騒がしいですね」

王族としての公務に一段落をつけて、王城内の庭園で紅茶を飲みながら花を愛《め》でていたルシラ・N・エーデルワイスが何気なく呟く。

「姫様、確認して参りましょうか？」

ルシラの呟きを聞いた、彼女の側仕《そばづか》えであるイノーラが問いかける。

「いえ、その必要は無いわ。……タイミング的に帝国絡みでしょうね」

ルシラはそう言うと、可憐《かれん》な所作で椅子から立ち上がる。

それから、彼女に近づいてきているアザール公爵の方へと身体を向けた。

「ごきげんよう、アザール公爵。長々とした挨拶は不要です。何かありましたか？」

アザール公爵の緊張した面持ちや、王城内のピリピリとした空気を感じ取り、ただ事ではないと察したルシラは、すぐに用件に入るよう伝えた。

「お心遣い痛み入ります、殿下。先ほど首脳会議に護衛として同行していた兵士の一人が戻ってきました」

「その様子ですと、首脳会議はあまり良いものにならなかったようですね」

「『あまり』なんてものではありません。最悪です。先ほど戻ってきた兵士以外、帝国に向かった者は全員殺されてしまったのですから」

予想をはるかに上回る内容に、ルシラの思考が止まる。

しかし、彼女の中の冷静な部分が、すぐさま思考を再開させた。

「…………冗談、ではないのですか？」

「敬愛する殿下に、このような冗談を申し上げることはありません」

「そう、ですか。お父様が……。こういう時に涙を流すのが、娘らしい行動なのでしょうね。すぐにあれやこれやと勘案を始める自分が、少し嫌いになりそうです」

ルシラが表情に陰を落としながら呟く。その行動に反して彼女の思考は一向に止まることはなかった。

陰を落としたのも一瞬のこと、顔を上げたルシラは、人を惹《ひ》きつける凜々《りり》しい表情に変わってい
た。

「その兵士と話をすることはできますか？」

「そうおっしゃると思い、既に準備をしています」

「流石ですね。今すぐに向かいます。お兄様には既にこの話を？」

「はい、王子殿下には別の者が」

「わかりました。情報を分析した後に、お兄様と話をします。アザール公爵はその手配を。イノーラ、貴女《あなた》は昨今の国内北部を中心に情報を集めてもらえるかしら」

「畏《かしこ》まりました、姫様」

即座にこれからのことを二人に指示したルシラが、帰って来た兵士の居る部屋へと向かう。

（本当にやってくれましたね、帝国！　これでは連中の思《おも》う壺《つぼ》ではありませんか……！）

帝国への愚痴を心の中で呟く。

（はぁ……、ものすごく、オルンに会いたい気分です。こんな時にそう思うということは、やはり私はオルンのことを……？　いやいや、あれはオルンが戸惑いを必死に隠している姿がかわいくて、言ってただけです。それだけのはず、なのに……）

一瞬でも現実逃避をしたいと直近で愉《たの》しかったことを考えたルシラは、オルンのことを思い出していた。

断章　隣を歩くために

◇　◇　◇

「これはまた、見渡す限りの平原。魔獣が居なければ絶景だったねー」

ティターニアと手を組んだ私は、とある迷宮へとやってきていた。

『シオン、ここは数百年間で培われた教団の技術の粋を集めて作られた迷宮よ。この階層にはあらゆる環境が存在している。視覚情報だけに捉われないように』

私の呟《つぶや》きに、緊張感が無いと苦言を呈するように、ティターニアから指摘を受ける。

「ん、わかってる」

私たちが居るこの迷宮は、《シクラメン教団》が農場《ファーム》と呼ぶ連中の拠点の一つだ。

ティターニアが《アムンツァース》《わたしたち》と手を組むにあたって、彼女は自身が知る教団の拠点をいくつか開示してくれた。

その内の一つがここだ。

本日、私たちはティターニアより齎《もたら》された情報を基に、教団への一斉攻撃をする手はずとなっている。

今回の作戦で連中を壊滅させることはできないにしても、今後確実に大きくなる戦いに先駆けて連中の戦力を削るのが今回の目的だ。

「ここは三階層で構成されていて、第一階層が魔獣だけの階層、第二階層が人体実験のための施設、そして第三階層に〝魔人〟が居るということで間違いない？」

最終確認として私の認識に間違いが無いかをティターニアに確認する。

『あぁ、間違いない。魔人が存在するかはウチにもわからないがね』

「ま、そこは実際に行って確かめるよ。それにしても、話には聞いていたけど実際にこうして目の当たりにするとやっぱり驚くね。魔獣が殺し合っている光景は」

そう。今、目の前に広がっている平原では、魔獣同士が殺し合いを繰り広げている。

通常、魔獣には魔石を狙う習性があるけど、他の魔獣を襲う機構は備え付けられていない。

これは、元々魔獣が生物兵器として生み出されたためだ。

兵器としての運用を考えているのに、同族で殺し合っていたら運用する前に数が減ってしまうから当然の機構だね。

『ウチもその辺りは詳しくないが、どうやら東方で古くから伝わる呪術を参考にしているらしい』

「昔フウカから聞いたことがあるけど、私もそこまで覚えていないな。確か蠱毒《こどく》って言うんだったかな」

この話を聞いたのは、フウカたちがツトライルへと旅立つ前だからもう五年くらい前か。ふふっ、懐かしいな。――っと、集中力を切らせちゃダメだね。

「それじゃあ第一階層はとっとと突破しちゃおう。最短ルートで案内宜《よろ》しく！　――【飛翔《レビテーション》】――！」

空を飛びながら、こちらに向かってくる魔獣だけ攻撃魔術で殲滅《せんめつ》していく。殺し合っている魔獣は無視だ。

しばらく飛んでいると、突然眼前の景色が草原から砂漠に切り替わった。

【飛翔《レビテーション》】の術式を操作して飛んでくる砂を弾《はじ》く。

この通り、第一階層は平原であったり、湿地帯であったり、砂漠であったり、はたまた海中であったりと、あらゆる環境が見えない壁のようなもので区切られて、同時に存在しているらしい。

しかしその壁は概念的なもので、人間や魔獣は簡単に跨《また》ぐことができるんだとか。

だから視覚情報ではまだ平原が続いているように見えても、次の瞬間には溶岩地帯に足を踏み入れている、なんてこともあり得る。

「本当に突然環境が変わるね。というか、変わるなら事前に教えてくれても良くない？」

ティターニアへ苦言を呈すると、

『これくらい反応できないようであれば、ここの攻略は諦めた方がいいからね』

彼女があっけらかんと答える。

「あっそ。で？　私はティターニアのお眼鏡に適《かな》ったのかな？」

『そうだね。さすがは《魔女》の先祖返りだ。その空を飛ぶ魔術にも驚いた』

こんな感じでティターニアと軽口を叩《たた》きながら、私は第二階層へと降りる位置を目指して移動を続ける。

『着いたよ。この先が第二階層だ』

ティターニアの先導に従って、いくつもの環境を経由することで、ようやく次の階層へと降りるための入口へと辿《たど》り着《つ》いた。

「――行こう」

第二階層へと続く螺旋《らせんじょう》状の階段を下りながら、私は第二階層の特徴について思い出していた。

第二階層は教団の研究施設の一つとなっている。

その研究内容は〝魔人〟を作り出すというもの。

魔人とは、魔獣の特性を持った人間のことを指す。

もうそれだけで、厄介な存在であることはわかる。

加えて魔人を生み出すために人体実験までやっているというのだから、そんなものを見過ごすことはできない。

そんなことを考えていると、第二階層へと辿り着いた。

第二階層は第一階層とは真逆で、建物の中のような人工的な造りになっていた。

そして遠くから発せられたと思われる子どもの悲痛な叫び声が、この迷宮内に反響して私の耳にまで届いた。

「外道共が……！」

その声を聞いた私は、自分でも驚くほどここに居る連中に殺意が芽生える。

「ティターニア、すぐに制圧を始める。敵の位置を教えて！」

敵が私の存在に気づくよりも先に、私はこの階層の制圧を開始した。

私と接触した奴《やつ》は声を上げたり、魔導具を起動したりして、私の侵入を他の仲間に伝えようとしていたが、【刻凍《スティルネス》】――対象を疑似的に時間が停止している氷塊の中に閉じ込める私のオリジナル魔術――の前には無力だった。

◇

敵や被験者全員を【刻凍《スティルネス》】で拘束し、第三階層へとやってきた。

そこは事前情報の通り大迷宮のボスエリアのようなドーム状の空間だった。

その中心で一人の男が椅子に腰掛けていた。男は二十代前半の見た目で、長い金色の髪を肩口で纏《まと》め、貴族のような装いに身を包んでいる。

「お待ちしていましたよ。《白魔《はくま》》殿」

男が親しげな笑みを浮かべながらそう告げてきた。

「貴方《あなた》が魔人ということで良《い》いのかな？」

そう問いかけると、男は軽く呆気《あっけ》にとられた表情を浮かべる。それからすぐに視線を下げながら顎に手を当てた。

「……ふむ。ここを知られていただけでなく、魔人のことまで知っているとは驚きですね。そこまで知っている者は教団内でも少数だと聞いていましたが……」

男は小さく呟きながら、思考の海を漂っているようだった。

「考え事をしていないで、私の質問に答えてほしいんだけど？」

「あぁ、これは失礼しました。私は魔人ではありませんよ。あくまで私は《博士》の助手としてここに居るに過ぎませんので」

「オズウェル・マクラウドの助手、ね。それなら、さぞ有用な情報を持っていそうだね。今の私は虫の居所が悪いんだ。素直に情報を吐いてくれると嬉《うれ》しいんだけど、話してくれるかな？」

「一介の助手が持っている情報なんてたかが知れていると思いますが、仮にお答えしないと申し上げたらどうするのでしょうか？」

「私のことを《白魔》と呼ぶくらいなんだから、私の異能も把握しているんでしょ？　――死ぬ寸前まで痛めつけてあげる。でも安心して、すぐに元通りにしてあげるから。貴方が情報を吐くまでそれを繰り返す。肉体はともかく精神が耐えられるといいね」

これまでの鬱憤を晴らすかのように、殺気を乗せながら言い放つ。

私の感情が周囲の氷の精霊に伝播《でんぱ》したのか、私が立っている周辺の気温が一気に下がり始めた。

「それは、流石《さすが》に耐えられそうにありませんね。いやはや、怖いお姫様ですね、《白魔》殿は」

「だったら話してくれない？」

「いえ、お断りします。その方が面白そうですから」

男は邪気の無さそうな満面の笑みでそう言い放ってきた。

簡単に口を割る人間ではないと思っていたけど、理由が面白そうとはね。元々期待はしていなかったけど、だったら無理やりにでも口を割らせるだけだ。

方針を固めた私は、氷の槍《やり》で男の全身を串刺しにするために、即座に【氷槍《アイスジャベリン》】を発動した。

男の周囲に魔法陣が現れると同時に、いくつもの氷の槍が未《ま》だ椅子に座っている男に襲いかかる。

そして槍が男の急所を避けつつ体を貫く――ことはなく、男に届く直前で、まるで虚空に飲み込まれたかのように消え去った。

「……ふむ。これが《白魔》殿の魔術ですか。なるほど、なるほど」

（なに、今の……）

『……バカな……あり得ない……。教団が、何故《なぜ》それを……』

初めて目の当たりにする現象に驚いたけど、私以上にティターニアは動揺していた。

『……ティターニア、どうしたの？』

声を発することなく、精霊の瞳を介してティターニアに問いかける。

精霊の瞳と同化したためか、本来【精霊支配】の異能者の特権である妖精との念話を、私も可能としている。ただ、妖精との念話は必要以上に疲れるから、普段は声を発してコミュニケーションを図っている。

しかし敵が居るこの場では念話の方が良いと判断して、こちらを選択した。

『……どうやらウチは楽観視していたようだ。最悪だ……！　シオン、今すぐこの場から逃げろ！』

いつも余裕綽々《よゆうしゃくしゃく》でいたティターニアが、切羽詰まったような声音で逃走を命じてきた。

「――っ⁉」

直後、視界の端で光が反射したかのように何かが煌《きら》めいた。

それを注視すると、水のような何かで形作られた刃が私の首に迫ってきていた。

体を逸《そ》らして躱《かわ》すと、私に一番近づいたタイミングで刃が人の腕のように変化した。

そのまま動きを変えて、私の首を掴《つか》んでくる。

「ぐ、ぁ……」

まるで本当に人に首を絞められているかのように、手の形をしたそれに力が籠もりはじめる。

(水に近いものなら、まずは凍らせて、――っ⁉　魔力が……⁉)

私の首を絞めてきているものを、凍らせてから砕こうと術式を構築する。

それから魔術を発動しようとしたが、私の周囲から魔力が消えていたため魔力流入ができなかった。

「よくもパパに攻撃を！　許さない！」

そんな声が前方から聞こえると、腕の先も徐々に形が作られて、最終的に目の前に十歳前後にしか見えない少女の姿が現れた。

（これが……、この子が、魔人……？）

『今助ける！　もう少しだけ我慢してくれ！』

息ができない中、ティターニアが私を介して何かをしたことがわかった。

いくつもの風の刃が上に向かって放たれると天井の一部が削られ、その破片が私の首に伸ばしている少女の腕に落下したことで、少女の腕が物理的に切断された。

「ごほっ……ごほっ……」

首絞めから解放された私は咳《せ》き込《こ》みながら空気を体内に取り込む。

それから直《す》ぐに後ろに大きく跳んで距離を取る。

「ドゥエ、戻ってきなさい」

「うん、パパ！」

男からドゥエと呼ばれた少女は、前腕から先が落下物によって切断されたというのに大した反応も示さず、無邪気な子どものような笑みを浮かべながらスタスタと男の元へ小走りで向かう。

その道中で無くなっていた腕の部分に流動的な何かがうごめくと、腕は元通りになっていた。

そのまま子どもが親に甘えるかのように、ドゥエは男の左腕にギュッと抱きつく。

「なんなの、この状況……」

目の前に映る光景や精霊の瞳を通して視《み》た光景に思わず言葉が零《こぼ》れた。

それはドゥエが通った場所や彼女の周りに一切の魔力が無いためだ。

魔力が無い場所――そんな例外は、私が知る限りでは世界でたった一つだけ。その例外が目の前の少女に当てはまるということは……。

その結論に到達してしまった私は、全身を巡っている血が凍りつくような悪寒に襲われる。

『ティターニア、あの子は、まさか――』

『……あぁ。そのまさかだろうな。オリジナルには全く届いていないが、それでも脅威であることに違いはない。特にウチにとっては、な』

私の言葉を否定してほしかった。でも、返ってきた答えは最悪に限りなく近いものだった。

『妖精を殺すために主《あるじ》によって生み出された北と南の聖域の守護者――いや、今は北と南の大迷宮百層のフロアボスと言うべきか。そいつらの特性である【魔力喰《ぐ》い】を再現した魔人で間違いないだろう』

「【魔力喰い】……」

「……そこまで知ってしまいましたか。仕方ありませんね。――ドゥエ、貴女《あなた》に大切なお仕事を頼みたいのですが良いでしょうか」

男が未だ彼の腕に抱き着いているドゥエに初めて顔を向けてから声を掛ける。

その声にドゥエは目を輝かせ、声を弾ませていた。

「うんうん！　私、パパの言うことならなんでも聞くよ！」

「良い子ですね。では、まずはそこに居る銀髪の女を殺してください。その後はここを出てヒティア公国に向かい、その国に居る人間を手当たり次第虐殺するように」

彼は、何を、言っているの……？　いや、言葉の意味は分かる。しかし肉体的にも精神的にも未成熟にしか見えない子どもに下す命令ではない。

「うん、わかった！　たくさん殺すね！」

男は会話を終えると椅子から立ち上がる。そして彼女から離れると、男の体が陽炎《かげろう》のように揺らめき始めた。

「――っ！　逃がさない……！」

ドゥエに【魔力喰い】の特性があったとしても、それは不完全なもの。その影響下は彼女の周囲数センチといったところだ。彼女と離れている今であれば問題なく魔術を行使できる。

男を氷塊の中に閉じ込めるべく、【刻凍《スティルネス》】を発動する。

しかしそれよりも早く、男の周りを水のような膜が覆う。

それに魔力が触れると、魔力が虚空へと消え去った。

【刻凍《スティルネス》】が不発に終わり水の膜が無くなると、そこに男の姿は無くなっていた。

「またパパに攻撃しようとしたな、ギンパッ！」

「銀髪って……。なんか私のあだ名多くない？　オルンからは『ローブ女』って呼ばれるしさ」

怒りの形相で怒号を飛ばしてきたドゥエに、努めて冷静を装いながら口を開く。

『シオン、ここに居ても殺されるだけだ。今は逃げろ。魔術士であるお前に勝ち目は無い』

そんな私にティターニアが焦った口調で撤退するよう言ってくる。

「あはは……。そうだね。あの子と戦っても、私に勝ち目なんてほとんど無い」

ティターニアへの返答に念話を使わず、敢《あ》えて口から言葉を発する。

予想通りドゥエは、いきなり独り言を始めた私を怪訝《けげん》な表情で見ながら、様子をうかがっている。

「――でも、逃げられないんだよねぇ」

『何故だ！　あいつの【魔力喰い】は不完全なものだ！　距離を取れば魔術は使える！　ここでリスクを取る必要なんてないだろ！』

ティターニアの言っていることは正しい。彼女でなくても、ここは無理する場面ではないと言う者が大多数だろうしね。

――それでも、ここで退《ひ》くことを私は許さない。

「いいや、ここは退けない！　ヒティア公国を治める一族の人間として、彼女の行動は見過ごせないから！」

自分に発破をかけるために声を上げながら、私は昔のことを思い出していた。

――私の原点を。

◇　◇　◇

私の祖先は、おとぎ話の勇者――《異能者の王》と共に邪神と戦った《魔女》と呼ばれる人物だった。しかし、歴史を捻《ね》じ曲《ま》げられ、偽りの歴史によって葬られた今となっては、それを知る者は皆無だ。

私は《魔女》の所以《ゆえん》たる魔力に対する親和性と【時間遡行】という異能を持って生まれた、《魔女》の先祖返りだった。

これまで苦汁をなめていた《アムンツァース》にとって、私と、疑似的な《勇者》の先祖返りとして生を受けたオリヴァーは、希望そのものだったらしい。

幼少期の私とオリヴァーはその希望を一身に受けていた。

そして、それに潰れそうになり、私は自分を見失っていた。

私は何者なのか、自分の存在意義は《魔女》であること以外には無いのか、と。それはオリヴァーも同じだったと思う。

そんな時にオルンが真《ま》っ直《す》ぐな瞳で私たちに言った。

――『俺は何度でも〝違う〟って大声で否定する！　シオンはシオンだし、オリヴァーはオリヴァーだ。大人たちの言いなりになる筋合いなんてどこにもない！』

――『過激派の連中が二人にふざけたことを言うのを止めないなら、俺が二人の王様になる！』

――『王は家臣や民を守る義務があるって聞いたから。だから俺が二人の王様になって二人を守る！　だから二人は自分で決めた道を真っ直ぐ歩んでよ。二人がどんな選択をしようと、俺はそれを尊重するから！』

多分、あの時点でオルンは自分が《異能者の王》の先祖返りであることを知っていたんだと思う。

だから子どもながらに、『王様になる』なんて言葉が出てきたんだろう。

今思い返すと、当時のオルンの言葉は子どもの絵空事だ。

ある意味では、無責任な言葉ともいえる。

それでもその言葉は、私とオリヴァーにとって、とても大きなものだった。

オルンの言葉があったからこそ、私は、シオン《わたし》になれたのだから。

そして、それと同時にわかったこともある。

私が《魔女》に縛られていたように、オルンも同じく《異能者の王》に縛られているんだと。

だから次は私の番だ。

オルンの視ている世界に足を踏み入れて、オルンの立っている場所まで行って、オルンに追いついて、『オルンはオルンだ。そんなものに縛られる必要はない』と伝えたい。

そのためにも、私は強くなる必要があった。

そうでないと、私の言葉はオルンには届かないだろうから。

オルンを、絶対に一人にしない。

オルンと肩を並べて、その場所を歩く。

たとえその結果として、世界を敵に回すことになったとしても。

それが、私が戦うと決意した原点だ。

◇　◇　◇

「もしもこの場に私たちの王様《オルン》が居たら絶対に退かない。そして【魔力喰い】が相手でも乗り越えるはず。だから私は退かない。ここで退いてしまったら、自分にその資格は無いと認めているようなものだから」

『……資格？』

「そう。オルンの隣を歩く資格。――私はオルンに付いて行きたいわけじゃない。その隣を一緒に歩きたいんだ！　だからこの程度の状況は乗り越えないとダメなんだよ！」

『……ふっ、お前はやっぱりアイツの子孫だよ』

自分に活を入れるために放った言葉を聞いたティターニアは、『やれやれ』というふうに力なく笑った。

「ギンパツ、さっきから何を言ってるの？　死ぬのが怖くておかしくなった？」

「いいや、自分の原点を思い出していただけだよ。待たせたね。私を殺せるものなら殺してみな」

「上等《じょーとー》だ！　今すぐ殺してやる！」

私が挑発するようにドゥエに言い放つと、彼女は歪《ゆが》んだ笑みを浮かべながら距離を詰めてくる。

そのドゥエの肘から指先にかけて液体のような流動的なもの――面倒だからこれからは『魔水』と呼ぶ――に変化すると、それが徐々に鋭利な刃のように形が変わった。

対して私は、一定以上距離を詰められないよう、氣《き》を身体《からだ》に巡らせて距離を取る。

ドゥエが「逃げるな、ギンパツ！」と叫んでいるが、それを無視しながら中距離から複数の攻撃魔術を撃ちこみながら、今は情報収集に徹する。

その一環として念話でティターニアに質問を投げかける。

『ティターニア、私の合図に合わせて、ダンジョンコア――迷宮核の近くに私を転移させることは可能？』

『それはできるが、何をするつもり？』

『今は説明している時間が無い。だからこの勝負、私に賭けて！』

『……面白いことを言うね。いいだろう、ウチを遣ってみな、シオン！』

念話をしながら攻撃魔術を続けるも、相変わらずドゥエに届く前に魔力ごと虚空へと消えるため膠着状態《こうちゃく》が続く。

「もぉ！　ちょこまか動いてムカつく！」

全く距離が縮まらない状況に、ドゥエが悔しさを表現するように地団太を踏む。

そして、腕から伸びている刃が形を崩すと、元の腕に戻った。

「今のままだと捕まる気はしないねぇ」

警戒を解くことなく挑発するように軽口を叩く。

「余裕ぶっていられるのも今だけだ！」

私の挑発にドゥエが声を荒らげながら、こちらに右腕を伸ばして手の平を見せてくる。

周囲への警戒を怠らずにドゥエの一挙手一投足に注意を向けていると、右手の五本の指が魔水に変化する。

その一本一本が伸びると、蔦《つた》のように変化した。

鋭く尖《とが》った指先が私を囲うように動き、それらが私を貫くべく襲い掛かってくる。

「ティターニア！」

私の居る場所が【魔力喰い】の影響下に入るよりも早くティターニアに合図を出す。

『【転移《シフト》】！』

私の声を聞いたティターニアが魔法を発動すると、目に映る景色が切り替わる。ドーム状である第三階層の入口付近に居た私は一瞬のうちに、同階層の対角線に当たる位置に転移していた。

そしてそこには壁に埋め込まれるようなかたちで迷宮核が在る。

「【超爆発《エクスプロード》】！」

転移した私は即座に魔術を発動し、迷宮核を破壊する。

「いつの間に……⁉」

迷宮核を破壊したことによって、そこに内包されていた膨大な魔力がドーム内に広がり始めた。

魔力は、高密度になればなるほど可視化される。

今この空間には、薄い煙のように視認できるほど高密度な魔力が漂っていた。しかし、その煙もドゥエに近づくと虚空へと消え去っていく。

「……ぐっ……う、うぅ……」

しばらくすると、ドゥエが突然胸の辺りを押さえながら苦しみだす。

(これは、私の推測通りかな)

しばらく苦しんでいたドゥエが、突然顔を上げて私を視界に入れると、口を大きく開きながら大声を出す。

それに呼応するかのように、魔力が純粋な破壊の塊となって、もの凄《すご》い勢いで私に迫ってくる。

「──っ！」

即座に地面を蹴って、射線から逃れる。

ドゥエのブレスは地面を抉《えぐ》り、壁には直径三メートルに迫るほどの大穴を空け、直前まで私が立っていた場所は破壊の渦に飲み込まれ消滅していた。

「ふぃ～。スッキリ～！」

そんな破壊をもたらしたドゥエは、自分の口元を手の甲で拭いながら呟いていた。

『とんでもない威力だな』

『うん、掠《かす》るだけでも一溜《ひとた》まりもなさそう。――でも突破口は見えた』

「ギンパツ、随分と余裕そうな顔しているな」

「色々と見えてきたからね。悪いけど、私には君を救う手立てがない。だからせめて、なるべく苦しまないように殺せるよう努力するよ」

「私を殺す……？　アハハ！　何言ってるの？　お前の攻撃は私には効かない！　さっきから逃げ回っているだけのお前に、私を殺すことなんてできるわけないだろ！　――それにもうお前は死ぬんだよ！　ギンパツ！」

ドゥエの言葉に警戒を強めていると、背後にある壁の中から何かが蠢《うごめ》くような音が聞こえた。

直後、壁の中から現れた魔水の棘《とげ》が迫ってくる。

それを予見していた私は、収納魔導具から短剣を出現させると、それで魔水の棘を切り裂く。

短剣の扱いを最も得意としている、テルシェ直伝の短剣術だ。

近接戦闘に特化している人たちには及ばないまでも、私にもこれくらいはできる。

「なんでっ⁉」

今の攻撃で私を仕留められると思っていたドゥエから、驚きの声が発せられた。

「そんな驚くことじゃないでしょ。貴女が戦い下手なだけのことなんだから」

「ふざっ、けんなっ！」

「ふざけてないよ。――さて、必要なピースは全て揃《そろ》った。ここからは殺し合いじゃない。一方的な殲滅だ」

殺気を乗せた声で宣言する。

「っっっ!!　たまたま凌《しの》げたからって調《ちょー》子《し》乗んな！」

ドゥエが激昂《げきこう》すると、彼女の髪の毛が揺らめき始め、束ねられた髪が大量の魔水に変化し襲い掛かってきた。

『ティターニア、次のお願いしても良い？』

短剣を収納してから杖《つえ》に持ち替え、脳内で術式を組みながらティターニアに話しかける。

『……ウチに出来ることなら、ね』

『ありがと。それじゃあ、ここ以外に在る氷の精霊を可能な限りかき集めて欲しい』

『どこに集めればいい？』

『ここの真上である地上に。それと、いつでも地上に転移できるように準備もお願い』

ティターニアとの念話を終える頃には、魔水はかなり近づいて来た。

「【空間跳躍《スペーススリープ》】」

再び転移でドゥエの背後、第三階層の入り口付近へと戻ってきた。

直前まで私が居たあたりは魔水で覆われていている。

(これだけ広がっていれば、効率良く喰らってもらえるかな)

「相変わらず逃げてばっかじゃないか！　それで私を殺すなんてよく言えたな！」

すぐに私の転移先に視線を移動させたドゥエが、次は両手の指先を魔水に変化させてこちらに伸ばしてくる。

むしろ好都合。私は周囲に存在する氷の精霊を操作して、魔術を発動させる。

「精霊魔術――【霜嵐《ボレアス》】！」

一瞬でドーム内に霜が降り、私の目の前に出現した魔法陣から白銀の暴風が吹き荒れる。

その白銀の暴風に晒《さら》されたものを、内部まで完全に凍《い》てつかせる広域殲滅魔術だ。

氷の精霊を流し込まなければ発動できないことなど色々と制約はあるけど、殲滅力は既存の魔術とは比較にならない。

「アハハ！　だから無駄だって！」

とはいえ、当然ながら【魔力喰い】が反映されているドゥエには通じない。

白銀の暴風はどんどん虚空へと消えていく。

だけどこれで良い。

ドゥエの【魔力喰い】によって消えた魔力は、きれいさっぱり消えるわけではない。

では、どこへ行ったのか。それは彼女の体に埋め込まれているであろう魔石の中だ。

そして、魔石の中に魔力を詰め込んでいる以上、その格納魔力量には上限がある。

先ほどの、とんでもない威力のブレスが、上限を超えそうな魔石の中にある魔力を放出させた結果と考えれば筋は通る。

「……ぐ……うぅ……。……え？　もう……？」

しばらく【霜嵐《ボレアス》】を発動し続けていると、先ほどのようにドゥエが胸の辺りを押さえながら苦しみだす。

私の方も、頭が徐々に重くなっていくのを感じる。

魔術を使い過ぎた際に起こる頭痛の前兆だ。

最近はこの頭痛とも無縁だったけど、これだけ長く維持させていれば仕方ないか。

「……ごめんね。苦しまずに殺してあげたかったけど、それは無理みたいだ」

苦しんでいるドゥエに謝罪をしながら、新たな術式を脳内で構築する。

「まさか、あいつの狙いは……！　これじゃあ、吐き出しても意味無い……。くそっ！　これじゃあパパの期待を裏切ることになる。せっかく役に立てる機会を貰《もら》ったのに。ヤダ……。ヤダ！　無能扱いされるのはヤダ！　どうすればいいの……⁉」

白銀の暴風に晒されながら、悲愴《ひそう》な声を漏らすドゥエ。

その姿に多少なりとも同情の念が湧いてくるが、それでも公国に害を為《な》す者を見逃すことはできない。

「魔石……。そうだ、魔石があれば……！」

何やら突破口を見つけてドゥエは不敵な笑みを浮かべる。

「足りないなら、増やせばいいじゃん！」

ドゥエはその言葉を最後に身体が膨らんでいく。

それはまるで風船のようで、ついには身体が破裂し、彼女の居た場所を起点に四方八方に魔水が巨大な波となって押し寄せる。

「ティターニア、地上へ！」

それを見て、即座にティターニアに声を掛ける。


目の前の景色が変わり、地上に戻ってきたことを実感した。

「う～ん、やっぱり外の方が空気は美味《おい》しいねー」

グッと伸びをしながら感じたことを呟く。

『随分と余裕そうだけど、これからどうするの？　このままだと、アレは間違いなく外に出てくるよ』

「そうだね。だからここで仕留める」

『だったら、転移する前に魔術による物量攻撃で仕留めれば良かったじゃない』

「まぁ、そうなんだけどね、でも、こんな絶好の機会は二度と訪れないだろうから、このまま私の成長の場として使わせてほしいな」

『何を企《たくら》んでいる？』

「私はここで、〝術理の外〟に触れる」

『…………本気で言ってるのか？』

彼女には実体がないから、どんな表情をしているのかわからないけど、戸惑っていることはなんとなくわかる。

「流石に冗談でこんなこと言わない。さっきも言ったでしょ？　私はオルンに追いつくって。オルンはその先に居るんだから、私もそろそろ踏み込まないとね」

「ご名答」

『ウチと不完全な【魔力喰い】が同じ場所に同時に存在している、故に絶好の機会、か』

『……やると言うなら止める気は無い。だが、失敗した場合はお前の命を代価に頂く。それで良いな？』

「ん、それで良い。失敗する要素は、可能な限り消し込んだつもりだから」

『ならやってみろ。可能な限りウチも協力しよう』

ティターニアからあっさりと許可が下りた。

正直反対されると思っていたから、こうも簡単に承諾してくれることには驚いた。

けどまぁ、許可してくれたんだし、藪《やぶ》をつついて蛇を出す必要もないよね。

「――それじゃあ、始めようか」

覚悟を決めた私は、目を閉じて集中力を上げる。

目を閉じたことで、私の周囲にティターニアが集めた氷の精霊をより近くに感じる。

瞼《まぶた》をゆっくり上げてから、全ての氷の精霊に干渉する。それに伴って、私の周囲の気温が更に下がり始め、地面や生えている草木に霜が降りる。

氷の精霊を操り、一ヵ所に収束させていく。

収束することで高密度になっていく氷の精霊は、徐々に無色透明から私の色である白銀色に変化していき、精霊の瞳を介さなくても可視化できるようになってきた。

その白銀色となった氷の精霊を更に収束する。

右目の奥が痛み始めた。

――更に収束する。

氷の精霊が周囲の空間を歪ませ始める。

――更に収束する。

視界の右端が徐々に赤色に浸食され始めた。

――更に収束する。

「……ぐっ…………っ！」

自分に降りかかってくる苦痛を全て無視して、更に収束する。

――世界に穴が空く。

そして、氷の精霊が〝外〟と接触した。

「――――」

到底理解できない膨大な情報が一気に頭の中に叩きこまれたかのような感覚に思考が止まる。

『気を抜くな！　飲み込まれるぞ！』

「――っ⁉　危ない危ない……」

真っ白になっていた頭の中にティターニアの声が響いてきたことで我に返る。

即座に氷の精霊の収束を解くと、空間の歪みが徐々に無くなっていく。氷の精霊も可視化させない無色透明へと戻って、地上に転移してきたときと同様、私の周囲に漂っている。

しかし、それは先ほどまでとは一線を画すものとなっていた。

〝外〟と接触したことで氷の精霊に含まれる情報量は、先ほどまでとは比べ物にならないほどに膨大なものになっている。

「これが、術理から外れた魔力……」

相変わらずその情報を読み解くことはできない。だけど、それは私の意図した働きが可能であるということが本能的に解《わか》った。

『ひとまずは成功だな。念のため言っておくが、〝それ〟は徐々に元の魔力や精霊に戻っていく。だが、それまではこの世界を崩壊させる可能性を秘めている。慎重に扱うように』

「ん、わかってる。――さて、と」

ティターニアの言葉に返答しながら右目や鼻から流れている血を適当に拭い、未だ主張を続ける頭痛を無視して思考を切り替える。

私が思考を切り替えた直後、まるで間欠泉から熱湯が噴き出すかのように、少し離れた地面から大量の魔水が噴き出した。

【魔力喰い】の範囲から逃れるように周囲の精霊と共に後ろへ跳ぶ。

地面に大きく空いた穴の中から五メートルを超える大きさの化け物《ドゥエ》が現れる。

多種多様な魔獣を組み合わせたキメラのような魔水の塊は、異形の化け物としか形容できない見た目であり、先ほどまでの可愛《かわい》らしい少女の面影は全くなかった。

恐らくは魔石を取り込むために第一階層の魔獣を大量に飲み込んだのだろう。

「コロス。コロス。コロす！」

既に自我は崩壊していて、あの男の命令のみが彼女を動かしている。

いくつもある化け物の顎が開かれると、それらに高密度な魔力が集まり無数のブレスとなって私に迫ってきた。

ここら一帯を消滅させるには申し分ない威力のブレスに対して、私の周囲を魔力の結界で覆ってから異能を行使する。

（これが魔力結界か。これで私も胸を張って魔力の極致に足を踏み入れたと言って良いかな。精霊を使っているからズルをしている感は残るけど）

結界に触れたブレスが轟音《ごうおん》と共に爆散するも、魔力結界には傷一つ付いていない。

しかし結界で覆われた場所以外は、一瞬にして消し飛び巨大なクレーターへと変貌していた。

その直後、クレーターは時間が巻き戻るようにして、ブレスが爆散する以前の状態に戻る。

「……ごめんね。君がどれだけ望んでも、私はまだ死ぬわけにはいかないんだ」

彼女に声を掛けながら、普通の魔力を構築した術式に流し、氷の槍を撃ち込む。

これまでと同様、氷の槍は化け物に届く前に虚空へと消えた。

「有効範囲自体は変わってないか、良かった」

『で、これからどうするの？　【魔力喰い】は魔法も喰らう。当然結界も奴が直接触れれば無意味よ』

「大丈夫。私がこれから使う魔法は、【魔力喰い】にも干渉されないはずだから」

化け物が魔獣の長い首のような腕を、私に振り落とそうとしていた。

私は回避行動を取らずに、〝術理から外れた魔力〟を操作しながら異能で時間に干渉する。

「――【凍獄之箱庭《フィンブルヴェトル》】」

この世界に於《お》いて魔力とは、ただそこに在るだけの存在で、魔力単体では意味を為さない。

魔力は術式を介すことで、初めて魔術という現象を引き起こす。

しかし、〝外〟に触れた魔力は一時的に世界の術理から外れた存在となった。

そのため〝それ〟は世界の術理ではなく、魔の理《ことわり》に法《のっと》って現象を引き起こす。

その現象の総称を――魔法と呼ぶ。

私が発動した魔法によって、世界の時間が凍てついた。

『これは……、まさかこの世界全てに干渉したのか⁉』

「…………これ、きついね……。気を抜いたら、一瞬で落ちそう」

私は魔法で世界の時間の進みを限りなくゼロに近づけた。

完全な停止は今の私でも不可能だが、この中を自由に動けるのは私だけ。

停止はできなくとも、この状況下で私に敵《かな》う者は存在しないだろう。

それなのにティターニアは時間が停止した世界でこれまでと変わらずに存在していた。やっぱり
妖精は……。いや、今は余計なことを考えている余裕は無いか。

私が再び上に視線を向けると、私に振り下ろしていた腕が停止しているように見えるけど、ほんのわずかずつ私に近づいてきている。

そんなに永い間、この状態を維持させるのは無理だからとっとと終わらせよう。

私が右腕を上げて杖を掲げると、周囲に玉霰《たまあられ》を少し大きくしたような、直径一センチ程度の氷

の塊が無数に空中に現れる。

そのまま右腕を振り下ろし、杖を化け物に向けながら魔法を発動する。

「――【霏霏《ストレイフ》】」

空中に現れた玉霰が、亜音速で化け物に向かって一斉に撃ち出される。

当初空中に存在していた玉霰だけでなく、次いで生成された玉霰も順次撃ち出していき、攻撃の手を緩めない。

しかし、時間の歩みが遅い状況でも【魔力喰い】は健在のようで、次々と玉霰を飲み込んでいく。

それでも【魔力喰い】に限界があることは知っている。

魔法を使わなくても勝てた戦いだ。

術理の外に触れた私に、負ける要素は完全に無くなっている。

しばらく玉霰を撃ち込んでいると、ついに【魔力喰い】の許容量を超えたのか、玉霰が化け物に届き始めた。

精霊の瞳を介して、化け物の体の中にある大量の魔石の位置を全て確認し、その全てを正確に撃ち抜いた。

化け物の中から魔石が無くなったことを確認してから、時間への干渉を解く。

すると徐々に世界の時間が元の状態へと戻り始める。

「……はぁ……はぁ……はぁ……、……勝った……！」

　これまでにないほど速く鼓動を打つ心臓を手で押さえて落ち着かせながら、化け物の身体がドロドロと溶けるように形を失っている光景を見て、この戦いに勝ったことを実感していた。

『全く、無茶しすぎだよ。そんな無茶をしなくても勝てる戦いだったのに』

「あはは……、返す言葉も無いね。でも、……その分収穫の多い戦いだったから、私的にはプラスかな。――このまま無事に済めば、だけど」

『どういう意味？』

「そのまんまの意味。無茶しすぎたからね。もう限界なんだ……」

『…………そうか。このまま死んだら、笑いものとしてウチが語り続けてやるから安心しな』

「それは、いや、だなぁ……」

『それが嫌なら絶対に死ぬな。後のことはウチに任せていいから』

「ん、わかった。それじゃあ、よろしくね。あぁ、起きたら、テルシェの作ってくれた、料理が、食べ、たぃ……」

　その言葉を最後に、私の意識は闇の中へと消えていった。

◇　◇　◇

　目の前で倒れるシオンを魔力で受け止めてゆっくりと地面に寝かせる。

彼女は〝外〟に触れ、超越者となった。

あり得ない、というのがウチの素直な感想だ。

今生きている人間で、術理の外側に至っているのはオルン・ドゥーラと東雲風花《しののめふうか》、ベリア・サンスの三人。

それ以外に至れる可能性がある人間は、オリヴァー・カーディフ、それとかなり低いがフィリー・カーペンター、その二人だけだと思っていた。

ウチの中でシオン・ナスタチウムは、かなりのポテンシャルを秘めているが、それでも術理に収まる存在だった。

それなのに、精霊の瞳を自身に同化させるなどという死の危険を冒し、【精霊支配】に近い能力を得て、強引に外の理へと至った。

やはり、人間という生き物は、ウチの理解の外側に居る存在だと再認識させられた。

それでもシオンが心強い存在になってくれたことは間違いない。

『……それでも、この結末は変わらないのか。シオン、お前の存在が鍵になるはずなんだ。だから一日も早く目を覚ましてくれ。そうしなければ、——お前の最愛の人間は慟哭の末に世界を滅ぼすぞ』

◇　◇　◇

シオンとドゥエが戦闘を繰り広げている頃、農場《ファーム》の第三階層で、シオンに《博士》の助手と名乗った男――スティーグ・ストレムは、ノヒタント王国とサウベル帝国の国境にそびえ立つクライオ山脈の山頂付近を歩いていた。

その進行方向の先には、可視化できるほど高密度な新緑色の魔力を操作しているフィリー・カーペンターが佇《たたず》んでいる。

「魔力の可視化ですか。流石は《導者《どうしゃ》》殿ですね」

フィリーの近くまで歩を進めたスティーグが、彼女に声を掛ける。

「……何故、貴方がここに？　《博士》から農場《ファーム》の管理を押し付けられていたはずでは？」

「それがですね、先ほど《白魔》殿が乗り込んできまして」

「《白魔》が？　つまり農場《ファーム》の情報が、《アムンツァース》に知られていたということ？」

「そう考えるのが自然かと。そうでなければ、彼女がわざわざあんな辺境に来る理由はないでしょうから。結果、ドゥエ《二番目》を調整不足の状態で放出することになりましたので、教団的には痛手になったかと」

「貴方が、直接《白魔》を仕留めれば良かったのでは？」

「それが出来たら良かったのですが、巡り合わせが悪かったとしか言えませんね。現時点で、ティターニアに我々の存在を知られるわけには参りませんので」

「妖精の女王まで……。それは仕方ないわね。それで、あの女は仕留められたの？」

「結果までは確認していません。生死については五分五分と言ったところでしょうか。しかし、あれらだけで二番目を無力化することが出来ない以上、いずれにしても《アムンツァース》に多少の打撃は与えられているはずです」

「そう」

「それよりも、農場《ファーム》を失ったことをネタに、教団の主導権を奪取しますか？　正直に申しますと、矮小《わいしょう》な《博士《あの男》》が主導権を握っている現在は面白くありませんので」

「いえ、このまま《博士》に任せるわ。今の教団には、何の魅力も無いもの」

「嘆かわしいことですね」

「まぁ、いずれはわたくし好みの——あ、ふふふっ。面白いことを思いついた」

「そのお顔をされているところを久しぶりに見ました。やはり何かを企んでいる時の《導者》殿が一番魅力的です」

「世辞は結構よ」

「残念です。本心からでしたのに。それで、何を思いついたのでしょうか？」

「貴方は知らないでしょうけど、《博士》が教団の中に於ける自分の地盤を固めるために、《金色の残響》の探索者だったあの間抜けを幹部に引っ張り上げようとしているのよ」

「《金色の残響》の探索者だった間抜け？　…………あぁ、あの男ですか。名前は確か、ゲイリーでしたね。《博士》にくっ付いて農場《ファーム》に何度か来ていましたので、面識があります。……それにしても、あんな自己評価が高いだけの愚物《ぐぶつ》を幹部に？　《博士》を弄ったのですか？」

「あの男の警戒心はかなり高いわ。現時点では《博士》に対して異能を行使しても、面倒なことになるだけだから弄《いじ》ってないわ。それに弄ってまで幹部に押し上げるほどの人間でもないことは、貴方もわかっているでしょう？」

「それは確かに。では《博士》は何故？」

「さぁ？　劣等種の考えることは、わたくしには理解できないわ。——それで話を戻すけど、その男が座る予定の幹部の椅子を、貴方にあげるわ」

「私を幹部に推薦していただけるのですか？　しかし、それはまだ先のことだと記憶しているのですが」

「えぇ、貴方に本格的に動いてもらうのは、《博士》を排除した後のつもりだったけど、《白魔》が農場《ファーム》を滅茶苦茶《めちゃくちゃ》にしてくれたなら、予定を前倒しにできるわ。それに、更に場を引っ掻《か》き回《まわ》せば面白いものが見られそうじゃない？」

「実に《導者》殿らしい理由ですね。わかりました。それでは、ご命令を。——我々を王の元まで導く者よ」

第四章　王女からの依頼

◇　◇　◇

ノヒタント王国国王の訃報から数日が経《た》った。

王国民の多くが国王の死を悼み、帝国に対する怒りを日に日に募らせている。

新聞でも国民を煽《あお》るような記事が連日書かれていて、既に帝国との戦争は避けられないという気運が高まっていた。

「オルっち、準備は大丈夫かな？」

ツトライルの街門で馬に跨《また》がって待機していると、同じく馬に乗ったエステラさんから声を掛けられる。そして、その周りには俺たち以外にも多くの《夜天《やてん》の銀兎《ぎんと》》の団員が待機していた。

「はい、問題ありません」

俺の返答を受けて一つ頷《うなず》いたエステラさんが、他の団員たちの方へ顔を向けてから口を開く。

「よし！　それじゃあ出発しようか！」

エステラさんの声掛けが終わると、俺たちは街門をくぐって外へと出る。

俺たちが向かっているのは王都だ。

理由は単純。国王の訃報を受けて《夜天の銀兎》が国の上層部から呼び出しを受けたためだ。『探索者は基本的に政治には関与しない』、それが不文律であったが、国王の死を受けて状況は一変した。国としてはもう形振《なりふ》り構っていられないのだろう。

「オルっち、怖い顔してるよ。リラックス、リラックス！」

王都への移動中、近くにやってきたエステラさんが声を掛けてきた。

そういうエステラさんも表面上は笑顔であるが、普段に比べると硬いものだった。

彼女もこの先について不安が無いわけでないはずだ。それでもそれを必死に隠そうとしている。

(そうだよな、幹部である俺たちが、団員たちの不安を煽るようなことは避けるべきだよな)

「すいません、どうしても悪い方に物事を考えてしまって」

俺は努めてエステラさんに笑顔を向ける。

「大丈夫！　《夜天の銀兎》の探索者たちはわたしが護《まも》るから！　探索管理部部長のプライドにかけてね！」

前述の通り王国と帝国の戦争は既に避けられないだろう。

ノヒタント王国にとって、これから始める戦争は国王の弔い合戦だ。王国の威信にかけて戦うはずだ。

であれば、戦闘に長《た》けている探索者たちも、戦場に出ざるを得ない状況に追いつめられる可能性が高い。

「はい、期待していますよ。ですが、どうしてもウチの許容以上の戦力派遣が必要になりそうな場合は、俺を交渉のカードに使ってください。俺を最前線に投入すると切り出せば、他の団員の派遣は最低限に留《とど》められるんじゃないですか？」

「確かにそれを武器に交渉すれば、かなり有利に話は進められると思う。でも、オルっちはそれでいいの……？」

「本音を言えば、戦争なんて、人や資源を使い潰すだけの下らないものに参加したくはないですよ。でも俺は《夜天の銀兎》の幹部ですから。それに俺がクランの幹部になる際に、皆さんの前で言ったでしょう？　『どんな状況であろうと仲間を護るために全力を尽くす』と。あの誓いに嘘《うそ》偽りはありませんから」

「オルっち……」

「だからエステラさんも、王国から少しでも有利となる条件を引き出せるよう、気張ってくださいね」

俺の言葉を聞いたエステラさんは、一瞬だけ表情に陰を落とすが、すぐさまその表情を不敵な笑みに変える。

「そこまで言われたら引き下がれないね！　うん、わかったよ！　わたしにまっかせなさい！」

それから俺とエステラさんは、それぞれ他の団員たちへ声を掛けて回ってメンタルケアをしていった。彼らにもそれぞれ王都でやることがある。それらに万全の状態で挑んでもらいたいからな。

◇　◇　◇

場所はツトライルに戻って、オルンが『じいちゃん』と呼び慕う老人――カヴァデール・エヴァンスの雑貨屋。

「来たか」

以前オルンが雑貨屋を訪れた際にその場に居た、全身を鎧《よろい》で覆っている男――オリヴァーが店の中に入ってきたことを確認したカヴァデールが呟《つぶや》く。

「……アンタが俺を呼び出すなんてな。何の用だ？」

「内容は二つじゃ。まずはおぬしの目的の品を手に入れたという報告じゃ」

そう言いながらカヴァデールは自身の収納魔導具から、黄玉《トパーズ》を連想させるほどの美しい光を放つ透明感のある結晶を出現させた。

「だとすると、二つ目は〝それ〟を受け取るための交換条件といったところか？」

オリヴァーが問いかけると、カヴァデールは表情を綻ばせた。

「正解じゃ。おぬしに頼みたいことがあってのぉ」

「その内容は？」

「近日中――、早ければ明日にでも、この国の王女がツトライルにやってくることになる」

「王女っていうと、ルシラ・N・エーデルワイスか？」

「そうじゃ。そして、彼女が王都からツトライルまでの移動中、教団による妨害が入るじゃろう」

オリヴァーが兜《かぶと》越しにカヴァデールを確認すると、彼の表情には何か確信めいたものがあった。

「……アンタの異能か。まるで予言だな」

「ほっほっほ、そんな使い勝手の良《い》いモノではないぞ」

「わかっている。それを知るために支払った対価もな。だから、それはあまり使うな。今ここでアンタに死なれるのは困るんだ。死ぬなら全てが終わってからにしてくれ」

「うむ、わかっておるよ。じゃが、ここで彼女を喪《うしな》う事態は避けたい」

「……ひとまず、依頼内容はわかった。教団の妨害ってことは、迷宮を利用してくるんだろ？　ツトライルから王都までの道中にある迷宮を見て回ってくる」

「そうしてくれると、助かる。頼んだぞ、オリヴァー」

「勘違いしないでくれよ。アンタのためではない。アンタの計画に乗るのが最良だと思ったから、協力するだけのことだ。王女の存在も、アンタの計画に必要ってことだろ。だったら協力するさ」

「儂《わし》としては、どんな理由であったとしても、おぬしには協力してくれて有難《ありがた》いと思っておる。じゃが良いのか？　儂の計画に乗れば、オルンに恨まれるかもしれんぞ？」

「…………」

カヴァデールの最後の問いに答えることなく、オリヴァーは雑貨屋を出た。

それから空を見上げると、オリヴァーの視界に映ったのは、雲に覆われた空とパラパラと降り始めた雪だった。

「オルンに恨まれるなんてのは、覚悟の上だ。それでも俺は……」

オリヴァーが小さく呟いたその声は、誰にも届くことなく雪のように溶けていった。

◇　◇　◇

ツトライルを出て数時間。

王都に到着した俺たちは、その場で解散してそれぞれの目的地へと向かった。

俺の目的地は王城。

そのまま侍女に先月と同じ部屋へと案内される。

部屋に入ると、早速中に居た人物から声を掛けられる。

「お待ちしていましたよ、オルン。こんなに早く駆けつけてくれるなんて、やはりオルンは私を想《おも》ってくださっているのかしら？」

相変わらず茶目っ気を含んだ言動をしているこの国の王女――ルシラ・N・エーデルワイスが、柔らかい笑みを浮かべながら出迎えてくれた。

その表情に多少の無理は感じ取れるが、思っていたよりはマシだな。父を殺されたことでだいぶ参っていると思っていたから。

「……お久しぶりです、ルシラ殿下。冗談を言えるだけの元気はあるようですね。安心しました」

「むぅ……。冗談だと思われているのは心外ですね。どうすれば、私が本気であることが伝わると思いますか？　ローレ？」

俺の返答が気にくわなかったのか、頰を膨らませて不満さを最大限表現しながら、彼女の後ろに控えている女性に声を掛ける。

俺もその声に引っ張られるようにして、ルシラ殿下の後ろに控えている軍服の女性へと視線を動かすと、その人物を確認した俺は息を飲んだ。

これは完全に予想外だ。

ルシラ殿下から『ローレ』と呼ばれた女性は、Sランク探索者であり《翡翠《ひすい》の疾風《はやて》》のエースでもあるローレッタ・ウェイバーその人だった。

「ハグしてからキスでもしてみればいいんじゃないかな？　そうすれば、誰であろうともルーシーの本気を認めざるを得ないと思うよ」

ローレッタさんがとんでもないことを口走ってる。いやいや！　それはどうかと思うぞ……？

「ふぇ⁉　き、キス⁉　そ、それは流石《さすが》に早すぎませんか⁉　キスは愛情を深めた二人がするから意味のあるものでしょう……⁉」

これまで飄々《ひょうひょう》としていたルシラ殿下であるが、ローレッタさんの予想外過ぎる返しにあたふたとしている。

「そんな奥手だと、オルンを誰かに取られてしまうよ？　ルーシーは知らないだろうけど、オルンはツトライルですごくモテているんだ。毎日のように女性から猛アタックを受けているくらいにね」

ローレッタさんがさらに追い打ちをかける。必死に笑いを堪《こら》えていて微妙な表情をしているが、それにルシラ殿下は気づいていない。

「そ、それは本当ですか⁉」

ローレッタさんの言葉を真に受けた殿下が、身を乗り出すようにしてこちらに問いかけてくる。

……その体勢は、色々と目のやり場に困る。

「全部ローレッタさんの冗談ですよ。御多忙な殿下を差し置いて申し上げるのも心苦しいですが、ありがたいことに私も忙しくさせてもらっていますので」

「それは、異性とのデートで忙しいということですか⁉」

……うん、この人相当混乱しているな。

ローレッタさんはローレッタさんで、口を手で押さえながら顔を背けているけど、肩がかなり震えているし……。

これは彼女なりに殿下の鬱憤を晴らすためにやっていると、好意的に受け取っておこう。

「落ち着いてください、ルシラ殿下。私は今、特定の女性はいませんので」

なんで俺は王城に来てまで、こんなことを言ってるんだろう……？

「そ、そうですか。それを聞けて安心しました。…………その、恥ずかしい姿を見せてしまいましたね」

「いえ、殿下の新たな一面が見られて、嬉《うれ》しく思いましたよ」

「も、もぅ……」

ルシラ殿下が頬を赤らめながらも、嬉しそうに笑みを浮かべている。

「オルン君もやるね」

ルシラ殿下が静かになったところで、ローレッタさんから声を掛けられる。

「俺は何もやっていませんよ。こうなった原因の大半は貴女《あなた》でしょう、ローレッタさん」

「あはは！　それは否定しないよ。それにしても、やはり仕事をしていないときのルーシーは、弄《いじ》り甲斐《がい》があるね」

「……それで、貴女がここに居て軍服を着ているということは、貴女は軍人だった、ということで間違いないですか？」

「うん、その認識で間違いないよ。改めて自己紹介をしよう。――ノヒタント王国中央軍近衛《このえ》部隊所属のローレッタ・ウェイバーだ。主にルーシ――ルシラ殿下の護衛に従事している。と言っても彼女は王城からほとんど出ないから、護衛が不要な時は探索者としても活動していたけどね」

俺の問いに、ローレッタさんが答える。

「二足の草鞋《わらじ》でありながらSランクまで到達したというわけですか。とんでもないですね」

「ありがとう。でもこの辺りが潮時かな。本当は隊長——あ、元隊長か……。ウォーレン元隊長が到達した九十三層までは行きたかったんだけどね」

そうか、やっぱりウォーレンさんも亡くなっていたか。

首脳会談で王国側が壊滅させられたと書かれていたから予想はしていたけど、こうして関係者から言われて、僅かな可能性も潰《つい》えてしまった。

「ウォーレン様、ですか。……惜しい人を亡くしましたね」

彼と直接言葉を交わしたのは、先月のあの時が最初で最後だった。

俺の選択を全面的に支持してくれた時は、すごく嬉しかった。

俺の憧れた探索者がこうもあっさり居なくなってしまうなんて、正直思っていなかった。

『また会おう』と言ってくれたのに……。俺はあの人から学びたいことがあったというのに。

「うん。あの人は、私たち王国軍人全員の憧れだったから。だからこそ、このような凶行に出た帝国を赦《ゆる》すことはできない」

「そうですね……」

「——もう！　いつまで二人で話しているんですか！　ローレも、主《あるじ》である私を差し置いてオルンと仲良さそうに話すなんて！」

俺とローレッタさんの間で重苦しい雰囲気が立ちこんだところで、タイミングよくルシラ殿下が口を挟んできた。

その内容こそ、わがままな娘が言いそうなものだったが、空気を一新させるために口を開いたことは明白だ。

こういうところは流石としか言いようがないな。

◇

「それでは改めまして。オルン、今日は来てくださり、ありがとうございます」

雰囲気が落ち着いたところで、俺は椅子に腰かけてルシラ殿下と対面していた。

彼女の身に纏《まと》う空気もつい先ほどまでの私的なものではなく、〝王女殿下〟としてのものになっている。

「オルンをここに呼んだのは他でもありません。貴方《あなた》にお願いしたいことがあるからです」

「……中央軍への勧誘でしょうか？」

勧誘自体は先月断っている。それには殿下もアザール公爵も納得してもらっていたが、この前とは事情が違う。今回は有無を言わさず、という可能性もあると考えている。

「オルンが中央軍に入ってくださるというのであれば、是非もありません。ですが、私としてはオルンの意思を無視してまで、中央軍に入ってもらうことを良しとは思っていません。念のため確認しますが、オルンに中央軍に所属する意思はありますか？」

「……申し訳ありません。私にその意思はありません。ですが、可能な限り王国に協力したいとは思っています」

俺の返答を聞いたルシラ殿下が、柔らかく微笑《ほほえ》む。

「素直な気持ちをお聞かせくださりありがとうございます。――お願いについてお話しする前に、オルンは今後における我が国の動静をどう見ていますか？」

「………………」

「ふふっ、大丈夫ですよ。ここには私とオルン、ローレッタの三人しかいません。ここでどのような発言をしようとも、貴方や《夜天の銀兎》に影響を与えないと、私の名をもってお約束します」

「……お心遣い痛み入ります。それでは僭越《せんえつ》ながら私の見解を述べさせていただきます。――王国上層部が既に新聞等を利用して情報操作を行っているため、王国と帝国の戦争は避けられないと私は考えています」

「ええ、そうですね。昨年までであれば、血の気の多い者たちが居るということで頭を悩ませるだけで済んだでしょうが、父が討たれた以上、そうも言っていられません。帝国の今回の凶行に対して黙認することは、我が国の威信にも関わることですので」

俺の言葉に対して殿下が補足をしてくる。

彼女の言葉に頷いてから、俺は再び口を開く。

「しかしながら、王国の勝ち目は薄いと言わざるを得ません。両国の国力の差は火を見るより明らかです。だからこそ、その差を埋めるための〝何か〟が必要だと考えます」

「なるほど。では、オルンはその〝何か〟について考えはありますか？」

ルシラ殿下が、俺を試すような目で問いかけてくる。

「帝国に武力で劣る王国ですが、全ての分野で負けているとは考えていません。例えば外交力。これは帝国よりも、王国が上だと考えています」

現在は西の大迷宮が攻略されて三つになっているが、この大陸に大迷宮は元々四つ存在した。

大迷宮を有する国は、そこで得た大量の資源を国力に変えてきた歴史があるため、ノヒタント王国を除いてどこも大国だ。

そんな歴史がある中で、ノヒタント王国は自国を必要以上に大きくすることはせずに、積極的に大迷宮で得られた資源を貿易に回し、外交によって周辺諸国との友好関係の構築に努めてきた。

「仮に王国の周辺国との連合軍なるものが結成できるのであれば、帝国ともやり合えるだけの戦力を用意することができると考えます」

ジッと俺の話を聞いていたルシラ殿下だったが、俺が話し終わると、その表情を綻ばせた。

「……オルン、やはり私は貴方が欲しいです。探索者の身でありながら、その発想に至るだけの情報収集能力と分析能力、《英雄》すら退ける武力、どれも素晴らしいものです。これは私の直感ですが、貴方はこれから訪れる世界の転換期に於《お》いて、重要な役割を担うことになるでしょう」

「世界の転換期、ですか？」

「ふふっ、私も情報の分析と解析が得意なんですよ。ここだけはオルンにも負けないと自負しています。そして、これから起こる王国と帝国の戦争は始まりに過ぎない、というのが私なりの解析の結果です」

「……何が始まるのですか？」

俺の問いに、ルシラ殿下が首を横に振る。

「何が待ち受けているのかまではわかりません。ですが、世界すらも揺るがす何かが始まる可能性は極めて高いです」

ルシラ殿下には、何が視《み》えているのだろうか。

これから起こる戦争は、王国の存続が懸かっていると言っても過言ではない。

仮にそれを乗り越えたとしても、その先があるなんて、心が折れても仕方ないと思う。

それでも彼女の目は死んでいない。彼女は強いんだな。

「話が逸《そ》れてしまいましたね。私もオルンと同じ考えに行き着いています。帝国との戦争に勝つために、私は連合軍を組織するよう各国に呼び掛けるつもりです。そのための根回しも既に始めています。そちらは順調に進んでいるのですが、一つ面倒なことが起こりました。それが今日オルンを呼んだ理由にもなります」

「面倒なこと、ですか？」

「はい。まだ大事は至っていませんが、国内の北部を中心にこの数日で何件も魔獣の氾濫の報告が寄せられています」

「――っ⁉」

国王が殺された直後に、複数ヵ所で魔獣の氾濫……。偶然で片づけることはできないな。

帝国と《シクラメン教団》は繋《つな》がっている。であれば確定か。

――《シクラメン教団》は、人為的に魔獣の氾濫を引き起こすことができる。

「そこで、オルンにお願いしたいことは二点です。まず一点目は、明日私がツトライルに到着するまでの間、私の護衛を引き受けてくださいませんか？」

「護衛ですか？　ルシラ殿下は魔獣の氾濫が人為的なものであると考えているのですね？」

「はい。ここまで不自然な出来事に、人間の意思が介入していないと考える方が変ですからね。それに嫌な予感がするのです。早急にツトライルに向かわないと行けないのですが、その道中が危ないと、直感のようなものが告げているような、そんな気がしてならないのです」

情報の分析と解析に長けているルシラ殿下の直感か。それは無視できないな。

ローレッタさんや他の《翡翠の疾風》メンバーも彼女の護衛として同行するのだろうが、それでも対処できない可能性が高いということか？

「わかりました。私もツトライルに戻る必要がありますし、一緒にツトライルに向かいましょう」

俺がそう返答すると、ルシラ殿下の表情がパッと明るいものになった。

「感謝します、オルン！」

「それで、二つ目のご依頼というのは？」

「はい。これはオルンだけでなく、他のSランク探索者にもお願いしたい内容です。それについて直接お願いするというのも、私がツトライルに向かう目的の一つです」

俺だけでなく、他のSランク探索者たちにも？　それはかなり規模の大きな話になるな。

「先ほども言った通り、現在王国内の迷宮がいつ氾濫してもおかしくない状況にあります。帝国との戦争に向けて兵站《へいたん》の要所を含めた主要都市を中心に魔導兵器の配置数を増やして対策しています」

まぁ、対策としては妥当なところだろう。

しかしそれでは、主要都市から逸れた小さな町や村の近くにある迷宮には、対処できないことになる。だとすると――。

「ですが、全てをカバーできるわけではありません。そこで、私たちの対処では対策できない地域に存在する迷宮の攻略、それとツトライルの防衛をお願いしたいのです」

依頼の内容は予想通りだった。

迷宮を攻略してしまえば氾濫の心配はなくなる。

攻略にはギルドの許可が必要だが、ルシラ殿下ならその辺りの根回しも既に終わらせているだろう。

ツトライルの防衛に関しても、戦争では魔導兵器が使用されるため、その素材の宝庫である大迷宮の防衛は必須だ。

　ツトライルと大迷宮の防衛は、これからの戦争に於いて重要なものになる。

「二つ目のご依頼に関しては私の一存で決めるわけにはまいりませんが、おそらくはお引き受けできるかと存じます」

「本当ですか⁉　それが聞けただけで今は十分です。ありがとうございます、オルン！」

　それから俺は、ローレッタさんも交えた三人で明日の動きや護衛時の決め事などについて詰めていった。

◇　◇　◇

「ふーん、それじゃあ、王女は近日中にツトライルに来る予定なんだ？」

首脳会談にて、ノヒタント王国の国王を含めた王国側の人間を壊滅に追い込んだゲイリーは、現在、ツトライルの探索者ギルドにてギルド職員と会話をしていた。

「はい。今朝ギルド長が言っていたので、間違いありません。……しかし、何故《なぜ》そんなことを知りたいんですか？」

ギルド職員の問いにゲイリーは笑みを深める。

「長生きしたいなら、言動には気を付けた方がいいぞ？　教団の人間《俺たち》ならギルド職員の一人を消すなんて、造作もないことだ。お前なら知っているだろ？」

「し、失言でした。今の言葉は無かったことに……」

ゲイリーの脅しに、ギルド職員は冷や汗をダラダラと流しながら、自分の先ほどの発言を撤回する。

「俺は慈悲深いからな。聞かなかったことにしてやる」

「あ、ありがとうございます。……そ、それにしても、帝国は思い切った行動に出ましたね。首脳会談で帝国兵を使って王国の人間を全滅させるなんて」

ゲイリーの発言に安堵《あんど》したギルド職員は、話題を変えるために首脳会談の件を口にした。

王国側の人間を全滅に追い込んだ張本人は、職員の目の前に居るゲイリーだ。しかし、首脳会談で《シクラメン教団》が行ったことは、全て帝国兵によるものだと、ほぼ全ての人間が認識している。

「あぁ、そうだな。これで、帝国と王国の戦争は確実に起こるだろうな」

ゲイリーはそう言いながら、その引き金を自分が引いたという優越感に、昏《くら》い笑みを浮かべていた。

「さて、それじゃあ早速、王女殺害の準備をしますかね」

ギルド職員から必要な情報を手に入れたゲイリーが、誰にも聞こえないくらい小さな声で呟《つぶや》きながら、探索者ギルドの扉に手を掛けようとしたところで、

「私には挨拶をしてくれないのかな、ゲイリー」

男の声に呼び止められた。

ゲイリーの顔が一瞬不愉快そうに歪《ゆが》むが、声のした方へ振り返る頃には普段の表情に戻っていた。

「いやいや、忙しいだろうなと気を遣ってやったんじゃないか、リーオン」

ゲイリーは、彼に声を掛けてきたギルド長《リーオン》に、あっけらかんと返答する。

「気を遣ってくれてありがとう。でも、今は丁度時間が空いていてね。少し話をしていかないかい？　何やら、先日まで帝国に居たらしいじゃないか。その時の面白い話が聞けるんじゃないかと思っていてね」

リーオンが対外向けの朗らかな笑みで、ゲイリーを牽制《けんせい》する。

その言葉に、ゲイリーは取り繕っていた顔を歪ませ、不愉快さを露《あらわ》にした。

「……お前に話すことなんてあるかよ。お前は確か、中立だと公言していたよな？　なのに、何で俺の邪魔をしようとしているんだ？」

「それは誤解だよ。本当に純粋な気持ちで、久しぶりに君と話がしたかったんだ」

「そんな話が信じられるか。教団の人間《俺たち》もギルド職員《お前たち》も、あのお方の手足となること、それこそが存在意義だ。それを放棄しているお前と話すことなんて無い。俺に情報提供してくれた職員の方が、余程自分の役割を全うしているくらいだ」

《シクラメン教団》と探索者ギルドはコインの裏と表の関係にある。しかし、その事実を知る者はギルド内にもほとんどいないため、ゲイリーは少し濁しながら、自分たちの役割をリーオンに説く。

当然、ギルド長として大陸南部の地域を統括しているリーオンも、その事実を知る一人だ。

「そうだね。確かにそれが我々の存在意義であることは、私も理解しているさ。しかし――」

「だったら黙っていろ。これ以上不快な言葉を口にするな。中立なら中立らしく、黙って見ていろ。邪魔をするって言うなら、お前も殺すぞ」

問答をするつもりはないと言わんばかりに、ゲイリーはリーオンの言葉を遮る。

「はぁ……。全く、血の気の多いことだ。念のため言っておくけど、グランドマスターは非協力的である私に未《ま》だ存在価値を見出《みいだ》しているよ？　それなのに、君の一存で私を殺していいのかな？」

殺気を放つゲイリーを前にしても、リーオンは特段気にした様子はなく、現在の自分の立場について語る。

「……ちっ！　俺が幹部になったら、まずはお前を潰すからな。覚悟しておけ」

ゲイリーは捨《す》て台詞《ぜりふ》のようにそう吐き捨てると、探索者ギルドを後にした。

「これ以上私が踏み込むことは難しいか。かの御仁が動いているようだし、今回はそちらに期待するしかないかな……」

ゲイリーが出て行った扉を眺めながら、リーオンが呟く。

ギルド長という身動きが取りにくい立場にある彼は、これからゲイリーが引き起こそうとしている事件を前に、秘密裏に協力関係を結んだ人物――カヴァデール・エヴァンスの手腕に期待することしかできなかった。

◇　◇　◇

ルシラ殿下から護衛の依頼を受けた翌日、馬を連れて彼女たちとの集合場所で待っていると、王城の方角から少人数の集団がこちらに近づいてきた。

「オルン、おはようございます。すいません、お待たせしてしまったようで」

その集団の中の一人、黒く地味なフード付きのマントを頭から被《かぶ》った女性に声を掛けられる。

声と話しかけられた内容から、ルシラ殿下であると判断する。

彼女の後ろにはローレッタさんをはじめ、《翡翠《ひすい》の疾風《はやて》》のメンバーが揃《そろ》っていることからも間違いないだろう。

「おはようございます。約束通りのお時間ですし、全然待っていませんよ」

「ふふっ、今のは、物語でデートを始める際の定番のやり取りでしたね！　すみません、せっかくのデートでこんな恰好《かっこう》となってしまって」

ルシラ殿下が、相変わらず本気なのか冗談なのか判断が付かないトーンで、そんなことを言ってくる。

こんな格好とは彼女のマント姿のことだろう。

確かに王女が着るようなものではないと思うが、今回の移動は御忍《おしの》びのようなものだし、今の情勢から考えると、彼女の命を狙っている人間が近くまでやってきている可能性だって捨てきれない。

正体を隠すに越したことはない。

「いえ、今日の目的に実に合っている装いかと存じます」

「お気遣いありがとうございます。でしたら、今度きちんとした格好でデートしましょうね！」

「………………」

俺は具体的な返事は避けて、笑みだけで返答する。

彼女なら俺が承諾したら本当にその場を整えかねない。

ルシラ殿下のような美しい女性とデートできること自体は、嬉《うれ》しくないわけがない。俺だって男だしな。

だが、少しでも気を許したら、そのままどんどん外堀を埋められそうな怖さがあるから、気持ちが固まっていないこの段階で安易なことは言えない。

「それではオルン、ツトライルまでの短い時間ではありますがよろしくお願いしますね。それと、私の名前を呼ぶことを避けているようなので、私のことは『ルーシー』と呼んでください」

ルシラ殿下が正体を隠して、ツトライルに着くまでの間そう呼ぶよう提案をしてきた。

これがルシラ殿下の愛称なのだろう。昨日ローレッタさんもそう呼んでいたな。

「わかりました、ルーシーさん。今日はよろしくお願いします」

ルシラ殿下との挨拶を終えた俺は、改めて《翡翠の疾風》のメンバーたちとも挨拶をしてから今日の最終確認を行い、王都を出てツトライルへと向けて出発した。

ちなみに昨日俺と一緒に王都にやってきた《夜天《やてん》の銀兎《ぎんと》》の団員たちには、今日も王都に居てもらうことになっている。

元々数日から長期間滞在する予定だった団員もいるが、今日帰る予定の団員もいた。だけど、ルシラ殿下の悪い予感が的中したら団員たちにも危険が及ぶ。であればもう一日王都に滞在してもらった方が安全であると判断したためだ。

◇

「空気が美味《おい》しいですね〜！」

王都を発《た》ってしばらくしたところで、ルシラ殿下が大きく深呼吸をしながら口を開いた。

「こうしてのんびりできるのは今だけだろうからね。程度はあるけど、今のうちに羽を伸ばしておくといいよ」

ルシラ殿下の感想に、ローレッタさんが優しい声音で声を掛ける。

しかし、彼女の意識の大半は周囲に向けられていて、一瞬も油断をしていない。流石《さすが》は本職だな。

「はい。ありがとうございます、ローレ」

ちなみにルシラ殿下を含めて、俺たちは全員馬に跨《また》がっていて馬車はない。

馬車の方が対狙撃では有効だが、ルシラ殿下は王族の一人だ。相応の魔導具で護《まも》られている。

そのため今回は利便性の面から乗馬で移動することになっている。

「そういえば、現時点で帝国との戦争で、探索者を前線に投入する予定は無いと昨日ウチの団員から聞いたのですが」

周囲への警戒を継続しながら、ルシラ殿下に声を掛ける。

「はい、その通りです。現状は探索者の皆さんに、前線に出てもらう必要はありません。もちろん、別のご協力はしてもらいたいと考えていますけどね」

昨日エステラさんから聞いたときは、何かの間違いかとも思っていたけど、どうやら本当のようだ。

「失礼ですが、理由を伺ってもいいですか？　私は戦闘に長《た》けている探索者も、前線に配置されると思っていたので」

「そうですね。探索者の皆さんにも前線で戦ってもらう、という意見が多かったのは確かです。ですが、状況が変わってしまいました」

「状況といいますと、氾濫の件でしょうか？」

「ええ、そうです。魔獣を相手にするのであれば、兵士よりも断然探索者の方が上手《うま》く立ち回れますから。ですので探索者の皆さんには、各地の氾濫への警戒をしつつ資源の確保に注力してもらうことになりました。戦場に於《お》ける戦力については、連合軍が組織できれば十分に賄えるはずですしね」

資源とは、魔石や迷宮素材のことだろう。

戦争となれば、魔導兵器が大量に投入されることは想像に難くない。

前線の戦力を厚くするよりも、戦争中もそれらを安定的に確保することを優先したということか。

そして恐らくは、戦線が崩壊してしまった場合の立て直し時の予備戦力、という側面もあるのだろうな。

「理解することができました。ご説明いただきありがとうございます」

「どういたしまして。ではお礼として、今度私とデートしてくださいね！」

「あはは……」

完全な不意打ちに、俺は良《い》い断り文句が思い浮かばず、回答を濁すように苦笑してしまった。

◇

（これでようやく半分くらいか。確かこの辺りには中規模の迷宮と《夜天の銀兎《ウチ》》の拠点があるファリラ村があったな）

ツトライルまでの距離を半分ほど消化した頃、頭の片隅で記憶している地図を照らし合わせて現在地を確認していた。

「――っ！　皆さん！　悪い予感が当たりました！」

突如、ルシラ殿下が声を上げる。

それから少しして、俺の警戒網にも魔獣の存在が引っかかった。それも一体や二体じゃない。

状況を把握した俺は、即座に声を上げる。

「敵は魔獣の群れ、二つの集団に分かれています！　予定通り第一波は俺が殲滅《せんめつ》しますので、疾風の皆さんは、フォローと第二波の迎撃の準備を！」

「わかった。ルーシーはそこを動くな、みんなは魔導兵器の用意だ！」

俺の声に応じたローレッタさんが、すぐさまルシラ殿下の傍《そば》に移動して大きさの違う二本の剣を出現させると、両手でそれぞれの剣を握る。

他の疾風メンバーたちも、収納魔導具から杖《つえ》のような手で持てるものから大砲のような地面に設置するようなものまで、いろいろな魔導兵器をてきぱきと設置していく。

「――【魔剣合一《オルトレーション》】、【陸ノ型《モント・ゼクス》】！」

彼女たちから少し離れてから、シュヴァルツハーゼを出現させると、即座にそれを魔力に変質させて魔弓に変える。

今回の魔獣の群れは、少し離れたところにある中規模の迷宮からやってきている。

この辺りは緩やかながら凹凸のある地形となっているため、未だ魔獣の群れは目視できないが、大量の魔獣の移動によって発生した土煙が上がっている。

「ルーシーさん、俺が見ている方向からやってくる第一波と十一時の方向以外からやってくる第二波以外に魔獣の反応はありますか？」

その土煙を視界に入れながら後ろに居るルシラ殿下に問いかける。

昨日の護衛時の打ち合わせで、ルシラ殿下は異能を保有していることを知った。

その異能は【魔石感知】。

自身を中心に半径数キロ以内の魔石の位置がわかるというものだ。

そして、その異能の拡大解釈によって、その範囲内の魔獣を捕捉することも可能とのことだ。

「いえ、私が捕捉しているのもその二つの集団だけです！　それとここ以外に魔石の反応もありません！」

「承知しました。助かります、ルーシーさん。それ以外に魔石を捕捉したらすぐに声を上げてくださいね」

ルシラ殿下への感謝の言葉を口にしながら、前方の煙が上がっている辺りに狙いを付ける。

収納魔導具から【魔剣合一《オルトレーション》】で使用しなかった〝収束魔力〟を矢に変えて番《つが》える。

「オルン、無茶はしないでくださいね……！」

後ろから、ルシラ殿下の心配そうな声が聞こえた。

護衛対象を安心させてやることも、護衛の役目だよな。

「安心してください、ルーシーさん。俺はツトライル最強の探索者です。あの程度の魔獣の群れ、俺の敵ではありません」

ルシラ殿下に声を掛けながら、矢の魔力を更に収束させていると、周囲の空間が歪み始めた。

限界まで漆黒の魔力を収束させていると、ようやく第一波の群れの先頭が視界に映った。

先頭の魔獣の数メートル上空に狙いを定めて、漆黒の矢を放つ。

「――黎天《れいてん》」

漆黒の矢は一直線に魔獣の群れへと飛んでいき、連中の上空で爆発するかのように魔力が拡散した。

その中心に重力場を発生させることで、拡散した魔力は巨大な球体へと形を変えて周囲のものを飲み込んでいく。

そして、飲み込まれたものは魔力と重力による破壊の奔流によって消滅する。

しばらくその場に留まっていた漆黒の球体が消え去ると、それに飲み込まれた魔獣の群れは文字通り全滅していた。

「なんて攻撃だ、魔導兵器でも一撃であの数を殲滅なんてできないはずなのに……」

「すごい……！」

黎天による魔獣の殲滅を目の当たりにした、ローレッタさんとルシラ殿下が呆然《ぼうぜん》としながら言葉を零《こぼ》す。

「ローレッタさん、すぐに第二波が来ますが、予定通り俺とローレッタさんの二人が前に出るということで問題ないですか？」

ローレッタさんに問いかけると、彼女はすぐに調子を取り戻して、俺の隣にやってきた。

それと入れ替わるように、《翡翠の疾風》のディフェンダーがルシラ殿下の近くに移動している。

「うん、それで問題ない。ちなみに今の攻撃をもう一度してもらうことは？」

「すみません、今の攻撃をもう一度放つには相応の時間を必要とします」

「ふむ、魔導兵器の冷却時間のようなものが必要ということだね。だとすると、オルン君はしばらく戦えないのかな？」

「いえ、先ほどの攻撃ができないだけで、戦闘に影響はほとんどありません。このまま戦えますよ」

「それは心強い。個人であんな攻撃を放っておきながら、継続戦闘が可能なんて破格だね。それじゃあ、予定通り魔獣を狩っていこうか！」

ローレッタさんが二本の剣を構えながら、声を上げる。

「――【弐ノ型《モント・ツヴァイ》】」

魔弓を二振りの魔剣に変えてから、視界に映った魔獣の群れ《第二波》に二人で突っ込んでいく。

俺たちが魔獣の群れに到達するよりも早く、俺たちの後ろから魔導兵器による広域殲滅魔術が放たれる。

大半の魔獣はこれによって魔石へと姿を変えるが、攻撃が当たらなかった一部の魔獣は、動揺することなくこちらに向かってくる。

討ち漏らした魔獣を狩るのは、俺とローレッタさんの仕事だ。

「――【封印緩和《レストレーション・トリプル》：第三層】」

自身に刻まれている術式の改竄《かいざん》と氣《き》の活性によって、身体能力を引き上げる。

俺の間合いに入ってきた魔獣は、即座に急所に漆黒の軌跡が走り黒い霧へと変わる。

そして、その足元に魔石だけが残っていた。

（話には聞いていたが、ローレッタさんの戦い方はこうして実際に見ても目の錯覚を疑ってしまうな）

魔獣どもを狩りながら、同じく魔獣を迎撃しているローレッタさんの戦い方に驚きを覚える。

彼女も今の俺と同様に二本の剣を操っている。

しかし、俺の持つ双剣が長剣の半分程度の長さであるのに対して、彼女は右に大剣、左に長剣という常識では考えづらい組み合わせだ。

しかも、その二本の剣をまるで重さを感じさせないほど優美に扱い、魔獣どもを容赦なく両断している。

それを可能にさせている理由は、彼女が剣士であると同時に特異魔術士であるためだ。

彼女の特異魔術は【自重増加《ウェイトアップ》】そして【自重減少《ウェイトダウン》】。

二本の剣を絶え間なく最適な重さにすることで、ようやく成立する彼女にしかできない戦闘スタイルとなる。

疾風の四人が、魔獣の大群に絶え間なく魔導兵器を駆使して魔獣の大半を魔石に変える。

討ち漏らした魔獣も俺とローレッタさんを中心に殲滅することで、ルシラ殿下の元まで辿《たど》り着《つ》く魔獣は一体も現れず、順調に魔獣の数を減らしていく。

俺たちが危なげなく魔獣どもを狩り続け、少しずつ終わりが見え始めたタイミングで、突如として地面にいくつもの光が走る。

「なんだ、これっ」

「――っ！　ローレッタさん！　上空に飛びますので、ジッとしていてください！」

即座に光の正体が巨大な魔法陣だと看破した俺は、ローレッタさんに声を掛けてから異能を行使し、俺と彼女に掛かる重力を逆転させることで俺たちは空に落ちるようにして地面から離れた。

「おぉ……。空に落ちる感覚なんて初めてだよ。これがオルン君の異能である【重力操作】か」

上空十数メートルの位置で静止させると、ローレッタさんが愉快そうな声を発していた。

「そうです。いきなりすいません」

「いや、謝る必要はない。オルン君の判断は正しかったと思うよ」

俺がローレッタさんに詫《わ》びを入れると、彼女は地上を眺めながら俺の行動を肯定する。

俺たちの眼下では、魔獣たちが地面に飲み込まれるようにして、魔法陣の中へと消えていった。

あのまま地面に立っていれば、俺たちも飲み込まれていたかもしれない。

「あれが何かはわかりませんが、とりあえず【空間跳躍《スペーススリープ》】でルーシーさんの元まで転移します」

「わかった。よろしく頼む」

ローレッタさんの返答を受けて、脳内で構築していた術式に魔力を流し【空間跳躍《スペースリープ》】を発動する。

「ローレ！　オルン！　無事でよかったです！」

俺とローレッタさんがルシラ殿下の近くに転移すると、俺たちに気づいたルシラ殿下が安心したような声で、俺たちの無事を喜んでいた。

第二防衛ラインに居た疾風メンバーも既に合流しているため、全員無事だ。

魔獣の群れは大半が俺たちに狩られ、残りが突然現れた魔法陣に飲み込まれたため事実上全滅だ。

だが、裏に教団の人間が居る可能性が高い以上、先ほどの魔獣の大群では王女を害することができないと判断して次の手を打ってきた可能性が高い。

これで終わりなんて、楽観視はできないだろうな。

「うん、オルン君のおかげでね。にしてもあの魔法陣はなんだ？　オルン君、わかるかい？」

ローレッタさんがルシラ殿下に返答してから、俺に魔法陣について聞いてくる。

「いえ、見たことのない魔法陣でした。ただ、ロクでもないモノということは間違いないと思います」

そんなことを話していると魔法陣の浮かび上がっている場所に変化があった。

魔法陣から白骨化した人間の腕のようなものが空に向かって伸びる。

「なに、あれ……」

ルシラ殿下が声を震わせながらつぶやく。

それも無理はない。

その白骨の腕は異様にデカいのだから。

まっすぐ上空に伸びているその腕は、十メートルはありそうだ。

白骨の腕がその先にある手を開くと、叩《たた》くようにして手のひらを地面に打ち付ける。

周囲に土煙を上げ、その衝撃が足元に伝わってきた。

それから白骨の腕が地面を押さえ付けるような行動を取る。

「全員、最大限警戒！　ルーシーの身の安全が最優先だ！」

ローレッタさんが声を上げる。

同じタイミングで、腕の生えているところの近くから髑髏《ドクロ》が顔を出す。

そして、魔法陣の中から這《は》い出《で》るかのようにして、全長二十メートルに迫る巨大なスケルトンが現れた。

「デカすぎでしょ……」

疾風メンバーの一人が呟く。

二本の足で立つ巨大スケルトンはまだ距離があるというのに、そのデカさも相まってとんでもない威圧感を放っている。

そのスケルトンの、人で言う左目にあたる位置には巨大な魔石が浮かんでいて、その魔石が妖しく光ったかと思うと、手に持つこれまた十数メートルはありそうな巨大な剣を地面に振り下ろす。

それを見た疾風のメンバーは即座に魔導具を起動して、俺たち全員を覆うように魔力の障壁を張った。

（大丈夫だ。距離はあるから直接剣撃を受けることはない。衝撃波もバカにならないだろうが、この障壁の強度なら問題なく受けきれるはずだ）

そう考えた俺は、次の手を考えるべく思考を巡らす。――が、突然俺の脳裏にとある光景が思い浮かんだ。

それは、スケルトンが剣を地面に叩きつけることで、衝撃波とともにそこを中心に広範囲の地面から無数の先端の尖《とが》った白骨のようなものが勢い良く飛び出すというもの。

その範囲には俺たちが今立っている場所も含まれていて、戦闘経験の無いルシラ殿下は反応することができず、飛び出してくる白骨と彼女の間にローレッタさんが割って入る。しかし、白骨の勢いを殺すことはできず、先端の尖った白骨はローレッタさんごと後ろのルシラ殿下の体も貫いていた。

「――っ！　【封印緩和：第八層《レストレーション・オクタプル》】！」

その光景を視《み》た俺は、考えるよりも先にスケルトンとの距離を詰めていた。

何故あんな光景が脳裏に浮かんだのかはわからない。

それが本当に起こることなのかも不明だ。

だが、俺の直感が言っている。

今の光景はこれから起こる出来事であると。

一瞬で距離を詰めた俺は地面を蹴って、振り下ろされているスケルトンの剣に近づく。

「【参ノ型《モント・ドライ》】！」

二振りの魔剣を一つに戻し、その魔力を膨張させて魔剣を大剣の姿へと変える。

「――っ!!」

魔剣を薙《な》ぎ払《はら》うようにして、垂直に振り下ろされているスケルトンの剣の側面に叩きつける。

互いの剣がぶつかるその瞬間に【瞬間的能力超上昇《インパクト》】を発動し、スケルトンの振るう剣の軌道を強引に変えた。

スケルトンの剣が地面にぶつかった瞬間、脳裏に浮かんだ光景の通り、そこを中心に広範囲に無数の先端の尖った白骨が地面から飛び出した。

しかし俺が剣の軌道を逸《そ》らしたことで、ルシラ殿下たちの居るところはその範囲から逃れることができた。

それを確認した俺は、スケルトンの左目部分にある魔石を破壊するべく、即座に空中に魔力の足場を作り出してからそれを蹴って更に上昇する。

「【肆ノ型《モント・フィーア》】！」

距離を詰めながら魔剣を魔槍《まそう》に変え、間合いに入ってから魔石に魔槍を突き出す。

しかし、穂先が障壁に阻まれて魔石まで届かなかった。

阻まれた直後、魔石を中心に衝撃波が生じ、それを正面から受けた俺は後方へと吹き飛ばされる。

空中で体勢を整えていると、スケルトンが振るう剣が、こちらに迫ってきていた。

「くっ！　――【反射障壁《リフレクティブ・ウォール》】！」

【重力操作】で迫ってくる剣の勢いを殺し、灰色の半透明な壁によって剣の進行を阻む。

そうやって作り出した時間を使って、【空間跳躍《スペーススリープ》】でルシラ殿下の元へと転移する。

「はぁ……はぁ……はぁ……」

「オルン！　大丈夫ですか⁉」

転移後、魔槍を長剣の魔剣に戻しながら息を整えていると、ルシラ殿下が駆け寄ってきた。

その時フードが脱げて彼女の顔があらわになる。

彼女の紅色の瞳が揺れていて、本気で俺を心配していることがわかる。

(これまでも何度か思ったが、間近で見ると余計にそう思えるな。やっぱり彼女の顔立ちはシオンに似ている)

「あの……、オルン……？　そんなにジッと見られると、流石に恥ずかしいです」

俺がそんなことを考えていると、彼女は恥ずかしげに視線を逸らす。

「す、すいません！」

「オルン君、ルーシーに見惚《みと》れる気持ちはわかるが、今はアイツをどうにかすることを考えてほしいかな」

俺とルシラ殿下の間に気まずい雰囲気が漂っていたところに、ローレッタさんが茶化すような雰囲気で声をかけてくる。

だが、それは無理して明るくしているように感じる。

俺は思考を切り替えて、改めてスケルトンの方へ視線を向ける。

スケルトンはゆっくりとこちらに歩いて近づいてきている。

ゆっくりと言っても、奴《やつ》は全長二十メートルを超えるデカブツだ。

あっという間に俺たちとの距離は縮まるだろう。

「あいつは俺一人で対処します。《翡翠の疾風》の皆さんは、ルーシーさんを連れてツトライルに向かってください」

「一人では危険だ！　私たちも一緒に戦うよ！」

「優先順位を見誤らないでください。俺たちの役目はルーシーさんを無事にツトライルまで送り届けることです。それに、今は先ほどまでの魔獣の大群の相手とは状況が違います。あいつの強さは深層のフロアボスに匹敵します。なので、このことをツトライルに居るセルマさんに伝えてください」

「……セルマに？」

「はい。アイツは《夜天の銀兎》で倒します。俺一人でも、時間稼ぎくらいならできますので」

「……わかった。確かに先ほどのオルン君とアイツの攻防を見れば、君とほとんど連携ができない私たちが邪魔になることは明らかだ。すぐにセルマたちを向かわせるから、それまで持《も》ち堪《こた》えてくれ！」

「わかりました。そちらも道中お気をつけて」

俺の要望を聞き入れてくれた《翡翠の疾風》は、すぐに馬に跨って移動の準備を始める。

「オルン……」

「ルーシーさん、ツトライルまで一緒に行けずに申し訳ありません。約束を破ることになってしまいますが、ここは俺に恰好を付けさせてください」

「…………わかり、ました。オルン、絶対に死なないでくださいね。貴方《あなた》とデートするという約束を破ることは許しませんから！　絶対にツトライルに帰ってきてください！」

「わかりました。あまりお待たせしないよう努力します」

「言質取りましたからね！　絶対ですよ！」

ルシラ殿下との会話が終わったところで、彼女は《翡翠の疾風》と一緒にツトライルの方角へと馬を走らせる。

◇

「さて、と。それじゃあ骸骨退治と行きますか。——【封印解除《カルミネーション》】！」

《翡翠の疾風》が離れていくことを確認しながら、自分を縛り付けているものを取っ払う。

彼女たちには保険としてセルマさんたちへの連絡を頼んだが、周囲への被害を最小限にするためにもすぐに討伐するのがベストなのは間違いない。

ルシラ殿下たちが移動したことで、そちらへと進路を変えたスケルトンに肉薄する。

「よそ見してんじゃねぇ！」

スケルトンの左後方から奴の左側頭部に天閃《てんせん》を放つ。

コイツの心臓部が、左目部分にある巨大な魔石であることはほぼ間違いないだろう。

もしかすると、これで左側頭部ごと魔石を破壊できるかとも考えていたが、そう簡単には行かない。

俺の放った【瞬間的能力超上昇《インパクト》】込みの天閃は、スケルトンの左側頭部に罅《ひび》を入れるだけに留《とど》まった。

黒竜の翼すら消し飛ばせる攻撃を受けて罅程度しかダメージがないのか。

とはいえ、この攻撃の目的はスケルトンのヘイトを俺に向けること。その目的は達成できた。

スケルトンがこちらに顔を向けると、左目の魔石が妖しく光る。

直後、魔石から大量の光線のような魔力が無軌道に俺に放たれた。

「【伍ノ型《モント・フュンフ》】！」

超高速で迫ってくる魔力の光線に対して、俺は魔剣を魔盾に変えて俺の周囲を漆黒の障壁で覆うことで防御する。

四方八方から襲い掛かってくる魔力の光線を、全て防いでから障壁を取っ払うと、スケルトンの持つ巨大な剣が頭上に迫っていた。

「チッ！」

そのまま反撃に移ろうと考えていたが、その考えを捨てて魔盾を頭上に掲げて剣を受ける体勢を取る。

（この質量だ。身体能力を限界まで引き上げたうえで、防御特化である魔盾に【瞬間的能力超上昇《インパクト》】を付与しても無傷で凌《しの》ぐのは無理か……！）

多少のダメージを覚悟した俺は【瞬間的能力超上昇《インパクト》】を発動待機させながら、魔盾と剣が接触する瞬間を待っていた。

――が、魔盾と剣が接触するよりも先に剣を持つスケルトンの腕に斬撃が走る。

その斬撃は正確に肘関節部分を通り過ぎ、前腕と一緒に剣が地面に落ちる。

「――っ⁉」

斬撃の飛んできた方へと視線を向けると、そこにはこの前じいちゃんの店で出会った、全身を鎧《よろい》で覆っている人間――オリヴァーが佇《たたず》んでいた。

（なんで、オリヴァーがここに⁉　収容所から出ているだけでなく、街の外にまで出ているなん

て、一体どういうことだ？　――いや、それを考えるのは後回しだ。今はスケルトンをどうにかするのが優先だ）

完全に想定外だったオリヴァーの登場に驚いたものの、即座に思考を切り替えて、魔盾を長剣の魔剣に戻しながら落ちてくる剣を躱《かわ》す。

スケルトンから離れた俺は、オリヴァーの近くに着地した。

「……色々と問い詰めたいことが多いんだが、お前がここに居るってことは、スケルトンの討伐に協力してくれると考えていいのか？」

「…………」

俺がオリヴァーに問いかけると、彼は声を発することなく首を縦に振った。

「それは心強い限りだ。……一緒に戦うのは約一年ぶりだな」

「……っ！」

俺の言葉に鎧の探索者が息を飲んだ。

まさか、俺がお前の正体に気づいていないとでも思っていたのか？

「よろしく頼むぞ、オリヴァー！」

「…………まさか、こんなに早く見破られるとは思っていなかった」

そう呟くオリヴァーの表情は兜《かぶと》に隠れてしまって見えないが、恐らく苦笑を浮かべていることはなんとなくわかる。

「何年一緒に過ごしていたと思っているんだよ。先月じいちゃんの店で出会った時の佇まいや歩き方を見て、すぐにお前だって気づいたぞ？」

「確かに、お前の観察眼を甘く見ていたかもしれないな。――さて、もう少し話したいところだが、まずはあれをぶっ潰すぞ。話はそれからだ」

オリヴァーが、スケルトンの方を見ながら臨戦態勢に入った。

俺も同じくスケルトンへと視線を向けると、先ほどオリヴァーによって斬り落とされた前腕がまるで見えない糸によって引っ張り上げられるようにして肘へとゆっくり移動している。

このままであれば、オリヴァーが斬り落とした腕は元通りになるだろう。

「あぁ！　だが、あれはただの木偶《でく》の坊《ぼう》に過ぎない。できれば、裏に居る人間を引っ張り出したいと思っている」

「……了解した」

「戦闘の流れは、これまで通り俺がオリヴァーの支援で良いか？」

「いや、俺への支援は不要だ。《黄金《おうごん》の曙光《しょこう》》は解散状態だし、オルンが今更曙光に縛られる必要はない」

「……良いのか？」

「良いも何も、それがベストだろう。……まさか、俺に付いて来る自信が無いのか？」

オリヴァーが俺を煽《あお》るように言葉を投げかけてきた。

その言葉を受けた俺は自分の口角が自然と上がっていくのがわかる。

昔の俺は、実力的にオリヴァーに付いて行けなくなり、パーティ事情も相まって付与術士にコンバートした。そして、最終的にその実力も足りないという理由でパーティから追い出された。

それなのに今は俺の前衛アタッカーとしての実力をオリヴァーに認めてもらえている。

これが嬉しくないわけがない。

「そんなわけないだろ。なら、戦闘の流れは《黄金の曙光》の初期をベースにする。不在のルーナの役割は互いに補完するってことで良いな？」

「それで問題ない。あの木偶の坊を瞬殺するぞ、オルン！」

「あぁ。行くぞ、オリヴァー！」

俺の声掛けと同時にオリヴァーが地面を蹴って、スケルトンの胸元目掛けて一直線に跳んでいく。

その動きは、バフを受けた者としか見えないほどの速度だ。

しかし、魔術を発動したようには見えなかった。

それはつまり――。

（オリヴァーのやつ、氣の操作を習得しているのか？）

そんなことを頭の隅で考えながら、脳内で構築した術式に魔力を流す。

スケルトンの頭上に魔法陣が現れ、【天の雷槌《ミョルニル》】が轟音《ごうおん》とともにスケルトンに降り注ぐ。

しかし、【天の雷槌《ミョルニル》】ではスケルトンには大したダメージを与えられなかった。

雷の直撃を受けたスケルトンはそれを意に介さず、剣を持っていない方の拳を握り締めると、それを高速で迫ってきているオリヴァーに振るう。

それに対してオリヴァーも自身の長剣を振るって、両者の攻撃が真正面からぶつかる。

本来であれば、オリヴァーは後方へ殴り飛ばされていただろう。

だが、そうなるよりも先にスケルトンの前腕が突如弾ける。

それはハルトさんが昨年の武術大会で見せた、相手の武器を破壊する光景によく似ていた。

しかし、スケルトンはすぐさま修復した腕で持っている剣を、逆袈裟《ぎゃくけさ》のように振り上げる。

それがオリヴァーに届くと思っていると、オリヴァーの背中から魔力でできた黄金の翼が現れ、空中を泳ぐ魚のような身軽さでスケルトンの剣を躱す。

そのまま髑髏へ高速で迫り、剣でぶっ叩いていた。

今の一部始終を視界の端に捉えながら、俺はオリヴァーからにワンテンポ遅れてスケルトンの足元に接近していた。

「味方だと心強すぎだな！」

オリヴァーの攻撃によって、背を反らせるような不安定な体勢になったスケルトンへ、すれ違いざまに長剣の魔剣《シュヴァルツハーゼ》を水平に薙ぎ払う。

片方の足を失ったスケルトンが更にバランスを崩して、片膝を地面につける。

俺がある程度スケルトンと距離が取ったところで、上空に突如もう一つの太陽が現れたと勘違いするほどの眩《まばゆ》い光が辺りを照らす。

その発光源は、当然オリヴァーだ。

【魔力収束】によって、可視化された高密度な黄金の魔力が、オリヴァーの刀身に集まっている。

足を切断されたことで、俺の方へとヘイトを向けていたスケルトンも、異様な魔力の塊に注意が向く。

「――天閃！」

オリヴァーが剣を振り下ろすと、黄金の魔力が巨大な斬撃となってスケルトンに襲い掛かる。

俺が斬り落とした片足を修復しているスケルトンに身動きが取れるはずもなく、スケルトンは手に持っている巨大な剣を盾のようにして、オリヴァーの天閃を受ける体勢を取った。

オリヴァーの放った黄金の斬撃が爆発的な拡散を起こし、スケルトンは光のような魔力に飲み込まれる。

眩い光が徐々に弱まり、スケルトンのシルエットが見え始めた。

光が無くなるとそこには、巨大な剣と腕が消失し全身の骨に罅が走っている満身創痍《そうい》なスケルトンが居た。

頭蓋の罅からは禍々《まがまが》しい光が漏れていて、スケルトンの左目にある魔石がまた何かしようとしていることは明白だ。

その魔石のターゲットは、スケルトンをここまで破壊したオリヴァーに向いている。

スケルトンは上空から奴を見下ろしているオリヴァーを見上げていて、背後にいる俺には大した警戒はしていない。

「……【陸ノ型《モント・ゼクス》】」

俺はスケルトンを見据えながら魔剣を魔弓へ変えると、収納魔導具から収束魔力を出現させる。

弦を引き、矢のかたちをした収束魔力をつがえる。

【重力操作】で矢の重力波を増大させ、スケルトンの左後頭部に漆黒の矢を放つ。

「――震天」

漆黒の矢は、重力波によって罅の入っている後頭部を粉砕し、その奥にある巨大な魔石を射貫《いぬ》いた。

その直後に魔力の拡散が起こり、魔石を文字通り粉々にした。

魔石という核を失ったスケルトンは当然人の形を保つことができなくなり、その場でボロボロと崩れ始め、最終的に白骨の山だけが残った。

「これで終わりか。あっけないな」

黄金の翼を消し去り、俺の近くに着地してきたオリヴァーが感想を口にする。

「だな。あと数手考えていたのにそれが無駄になった。でもまぁ、久しぶりにオリヴァーと戦えて嬉しかったよ」

「それは俺もだ。ここまで足を延ばして正解だったな」

「……それで、答えてくれるのか？　拘留されているはずのオリヴァーが外に出ている理由を」

「そうだな。端的に言うと、フォーガス侯爵と非公式に取引をしたんだ。ある程度の自由を認めてもらう代わりに、迷宮の素材を集めたり、領内の面倒ごとを請け負ったりしている。今回ここに来たのもその一環だ」

「そういうことか。にしても、フォーガス侯爵がそんな取引に応じるなんて、かなり意外だ」

「彼も変わったということだ。正確には元に戻ったと言うべきなのかもしれないが」

「フィリー・カーペンターの【認識改変】か」

「…………。……なぁオルン、お前は何故――」

オリヴァーが何か俺に質問をしようとしたところで、突然地面が揺れた。

「地震か？　このタイミングで滅多にない地震が起こるなんて自然現象では片づけたくないな」

俺がそう呟くと、オリヴァーが首を縦に振ってから口を開く。

「だろうな」

オリヴァーがそう言った直後、山のように積まれている白骨が勝手に動き始めてカタカタと音を鳴らしていた。

そして、白骨が宙に浮き始めると、次第に先ほどのスケルトンをかたどり始める。

「これも教団の仕業か？　まさか、魔石を破壊しても復活するなんて、面倒くさいな」

面倒な展開に顔を顰《しか》める。

（教団の仕業だとすると、このスケルトンをもう一度倒しても、また復活するだけだ。裏で手を引いている奴を見つけ出さないと）

「………………なるほどな」

オリヴァーの顔が見えないため彼が今何を考えているのかいまいちわからないが、まるで知りたかった答えが見つかったかのように頷《うなず》きながら呟いた。

「何がわかったんだ？」

オリヴァーは俺の問いにしばらく黙り込み、

「………………強いて言うなら現在地についてだ」

意味深なことを口にする。

『現在地』というのが物理的なものでないことはわかるが、何を指しているのかはわからない。問い詰めたいところではあるが、スケルトンが復活しようとしている状況でこれ以上おしゃべりをしているわけにはいかないため、ひとまず保留とする。

「オルン、ここから西に進んだところに迷宮があるのは知っているな？」

スケルトンに集中しようとしたところで、オリヴァーから声を掛けられる。

「……あぁ。それがどうした？」

「さっき言っていただろ。この裏に居る人間を引っ張り出したいと」

「言ったけど、それと迷宮にどんな関係が？」

「このスケルトンを操っている元凶が居る場所が、その迷宮の最深部だからだ」

「っ！　なんでそんなことがわかる？」

「俺の異能は【魔力収束】だ。それの拡大解釈で、兎のルクレーシャの異能である【魔力追跡】に近いことができる。それでこのスケルトンが、西側から魔力を供給されているのが確認できた。それだけの話だ」

「なるほど、【魔力収束】の拡大解釈か」

「だから二手に分かれよう。俺がこのスケルトンを足止めする。オルンは迷宮の最深部に赴いて、その元凶をぶちのめしてこい。それが最良だろ？」

　確かにオリヴァーの提案は渡りに船だ。

《シクラメン教団》の連中には聞きたいことが山ほどある。

そのメンバーと接触できる機会は逃したくない。

先ほどの共闘でオリヴァーの今の実力は充分にわかった。

一人でも問題なくスケルトンを討伐できるだけの実力を持っているのは確実だ。

「……わかった。俺は迷宮へと向かう。スケルトンの相手は任せた！」

「あぁ。行ってこい」

方針を決めた俺は、オリヴァーの言葉を背に受けながら、この場を離れて迷宮へと向かった。

◇　◇　◇

「巨獣種のスケルトンが倒されただと……？　アレは大迷宮深層のフロアボスに匹敵するんだぞ⁉　何故こうもあっさりと……。まさか王女のやつ、戦略級の魔導兵器を使ったのか……？」

巨大なスケルトンが出現した場所からほど近いところにある迷宮の最深部、そこで周囲に無数の魔法陣を展開させているゲイリーが、忌々《いまいま》しげな表情で声を漏らす。

「くそっ！　くそっ！　くそっ！　《博士》に無理を言って巨獣種まで貸してもらったんだ。それなのに王女を殺せなかったとなれば、無能の烙印《らくいん》を押されてしまう！　それだけは回避しなくては……！」

ゲイリーは焦りながらも、周囲に展開されている魔法陣を操作する。自分が優秀な駒であることを証明するために。

ゲイリーは約二十年前まで、当時勇者パーティと呼ばれていた《金色の残響》に所属する探索者の一人だった。

しかし、南の大迷宮九十三層に到達した彼らは、探索者にとって最悪の敵ともいえる存在に目を付けられてしまった。

大迷宮の攻略を良しとしない組織――《アムンツァース》に。

そして、迷宮調査の依頼を受け、遠征中だった彼らは、《アムンツァース》の襲撃を受けることになる。

その襲撃によって《金色の残響》は二人の仲間を喪《うしな》い、かろうじて生きていたゲイリー、ウォーレン、アルバートも、死を迎えるまで時間の問題というところまで追い込まれていた。

そんな彼らを救ったのが、隻眼の剣士――ベリア・サンスだった。

ベリアは、探索者のトップまで上り詰めたゲイリーたちから見ても、常軌を逸する強さを有していた。圧倒的な剣技と摩訶不思議《まかふしぎ》な現象を以《もっ》て、数十人も居た《アムンツァース》を全滅へと追い込み、ゲイリーたちは九死に一生を得ることとなる。

しかし、生き残った彼らは、《アムンツァース》の襲撃を受けたあと、それぞれが別々の方向へと進むこととなり、最終的に《金色の残響》は解散した。

ウォーレンは、仲間を喪って自暴自棄になっていたところを、ノヒタント王国国王が掬《すく》い上《あ》げ、国王の護衛として中央軍へと籍を移した。

アルバートは、大迷宮の攻略の夢が捨てられず、ウォーレンが軍人になることを決めていて、ゲイリーも姿を消していたことから、《夜天の銀兎》に籍を移した。

そしてゲイリーは、自分たちの命を救ってくれたベリアのその姿に魅入られ、そして力を求めて、彼がトップに君臨する組織――《シクラメン教団》へ加入することとなった。

「魔獣の大群《第三波》の準備は、一時中止して、そのキャパシティをスケルトン復活に回す！　戦略級の魔導兵器は再使用にかなりの時間が必要だ。もう王女にスケルトンを倒すほどの力は残っていないだろう。ははは！　残念だったな、王女！　無駄な足掻《あが》きなんてせずに、素直に殺されろ！」

自分に都合よく解釈したゲイリーは、迷宮核《ダンジョンコア》を操作してスケルトンを復活させると、再び魔獣の大群を作るために魔獣の生成を再開させた。

それからしばらくして、

「……なんだ？　魔獣が増えていない？　……いや、むしろ減ってるだと⁉」

第三波として用意していた迷宮内の魔獣たちが、徐々に減っていることに気が付いたゲイリーが驚きの声を上げた。

「まさか、侵入者か？　いやしかし、第三波で用意している魔獣には大迷宮下層相当の魔獣も多くいるんだぞ！　生成量を超えるほどの速さで魔獣を殲滅するなんて……」

ゲイリーが戸惑いながらも、現状確認のために魔法陣を睨《にら》んでいると、近いところで戦闘音が聞こえてきた。

「誰だが知らんが、俺の邪魔をしやがって……！」

ゲイリーが怒りに声を震わせていると、彼が居る空間へと繋《つな》がっている通路の奥から、漆黒の魔力によって吹き飛ばされた地竜が現れた。そして、そのまま力なく地面に倒れると、その姿を黒い霧へと変える。

続いて、魔剣を手にしたオルンが、ゲイリーの居る空間へと足を踏み入れていた。

◇　◇　◇

迷宮に入るとそこには、通常の迷宮では考えられないほどの数の魔獣が居た。

「邪魔だ、魔獣ども！　道を開けろ！」

視界に映る魔獣を魔剣と魔術で殲滅しながら、どんどん奥へと進んでいく。

可能な限り最短ルートを通って、どんどん階層を下っていくと、ついに最下層へと辿り着いた。

そして、最深部を護るように佇んでいる地竜に対して、【瞬間的能力超上昇《インパクト》】込みの天閃を放ち、ようやく最深部へと到着した。

最深部は開けた場所となっていて、周囲には見慣れない魔法陣がいくつも現れている。そして、その空間の中心には迷宮核が妖しげな光を放ちながら宙に浮かんでいた。

その近くに佇んでいる男が俺の方に視線を向ける。男は四十代の見た目をしていて、真っ赤に染まったローブを身に纏《まと》っていることからも、ほぼ間違いなく《シクラメン教団》の人間だろう。

「…………その胸の紋章は《夜天の銀兎》か。お前が俺の邪魔をしたのか？」

不機嫌さを隠さずに敵意を孕《はら》んだ声が男から投げかけられる。邪魔というのは、先ほどの氾濫の対処やスケルトンの討伐を指しているのだろう。

「そうだ。お前には聞きたいことが山ほどある。痛い思いをしたくなければ、俺の質問に素直に答えろ」

「今の探索者は礼儀も知らないのか。まぁアルバ、、、、のおかげ、、、、でデカくなっただけの、弱小クランの探索者だもんな。そんなヤツに礼儀を求める方が失礼か」

　男は下卑た表情でこちらを見下してくる。

「あぁ。俺にそんなものを求められても困る。お前ごときに礼節を重んじる理由が見当たらないしな」

「ははは！　無知蒙昧《もうまい》とはこのことだな！　無知なお前に特別に教えてやるよ。俺は元《金色の残響》の探索者にして、世界を動かしている《シクラメン教団》の幹部、ゲイリー・オライルだ！　先輩を敬えよ、下級探索者が！」

　男が自分の正体を明かす。その内容に俺は耳を疑った。それは目の前の男が何年も前に亡くなったと思っていた人物であったから。

「…………。お前が、ゲイリー・オライル……？　死んでいなかったのか」

「ほぅ、俺の名前は知っているのか。死んだと思われているのは不快だが、寛大な心で許してやるよ」

　男の正体を知った俺は、沸々と怒りが湧きあがってきた。

　これが理不尽な怒りであることは自覚している。

　しかし、湧き上がってくるこの感情を抑えることができなかった。

「どうして……、どうして前勇者パーティの一員であった貴方が、そんな犯罪組織に所属しているんだよ！」

「何を言いだすかと思えば。勇者パーティ《そんなもの》よりも、価値のある場所を見つけたからに決まっているだろ」

「《シクラメン教団》のどこに価値があるんだ！　大陸中で事件を起こし、子どもの心を壊すような組織だぞ！」

「やれやれ、見ている世界が狭すぎるな。むしろそのガキ共は感謝するべきだろ。あのお方の礎になれたのだから！」

ゲイリーが事も無げにそんなことを宣《のたま》う。

俺の中で思い描いていた〝ゲイリー・オライル〟という人間像が、ボロボロと崩れ去っていくのを感じた。

俺が《黄金の曙光》で剣士から付与術士にコンバートすると決めた際、当然付与術士というスタイルを確立させたセルマさんが居たパーティの探索報告書は熟読していた。

しかし、そんなセルマさんのパーティの報告書以上に読み込んで、そして俺の付与術士としての立ち回りの基盤となった探索者が居た。

その時には既に解散していた、当時の勇者パーティである《金色の残響》に所属していたゲイリー・オライルだ。

報告書から察するに《金色の残響》の戦闘スタイルは、歯に衣着せぬ言い方をすれば攻撃一辺倒だった。

前衛であったウォーレンさんとアルバートさんは当然、ゲイリーを除く他の二人も後衛アタッカーであり、『攻撃は最大の防御』と言わんばかりの戦闘スタイルだ。

そんなパーティ構成でありながら、当時のトップに上り詰め、南の大迷宮の九十三層まで到達できた最大の要因が、ゲイリー・オライルの存在だと俺は思っている。

刻一刻と状況が変化する迷宮探索に於《お》いて、その時々でパーティに足りないものを即座に補う。

それが《金色の残響》におけるゲイリー・オライルの役割であり、俺が目指した付与術士の姿だった。

手前勝手であることは百も承知している。

それでも、一番尊敬していた探索者が犯罪組織に身を落としたという事実は、俺個人として認められない。

「だったら教えてくれよ。貴方が見ている広い世界ってやつの全貌を！」

「ふん、お前はここで殺すんだ。死にゆくお前が知る必要は無い、と言いたいところだが、いいだろう。冥途の土産に教えてやるよ、あのお方が成そうとしていることを！」

そう高らかに声を発するゲイリーの、目の光に孕んでいる異様さが一層増したように見える。

「前提として、俺たちが今居るこの世界は、隔たれた――――え？」

ゲイリーがこの世界について話そうとしたその時、彼の胸から鋭利な刃物が飛び出した。

自身の胸を貫いている刃物に視線を落としたゲイリーは、何が起こったのか理解できないと言いたげな表情で間抜けな声を漏らす。

その直後、彼の背後にもう一人の気配が現れた。

「——何をペラペラと話そうとしているんですか？　愚物《ぐぶつ》だとは思っていましたが、まさかここまで救いようが無いとは」

突然現れたそいつは、長い金色の髪を肩口で纏め、貴族のような装いに身を包んだ若い男だった。

ゲイリーが振り返り自分を刺した人物を確認する。

「——スティーグ……⁉　何の真似《まね》だ……⁉　俺は、教団の、幹部だぞ……！」

スティーグと呼ばれた男は、清々《すがすが》しいほどの笑みを浮かべながら口を開いた。

「正確には、貴方に下された命令が完遂できれば幹部に推薦してもらえる、ですよね？　今の貴方は幹部ではありません、虚言を吐くのはやめてください」

スティーグの言葉にゲイリーが反論しようとするが、ゲイリーの口からは血が零れ、上手く声が発せていない。

そんな彼を見て、スティーグは笑みを深めると再び口を開く。

「それにしても助かりました。貴方を処分した後の言い訳を考えるのが面倒くさかったので。貴方の口の軽さだけには、感謝しないといけませんね。では、貴方を処分する大義名分も得ることができましたし、とっとと死んでください」

そう告げたスティーグは、ゲイリーを貫いている刃を捻《ね》じると、そのまま勢いよく引き抜く。

支えを失ったゲイリーが胸と背から大量の血を吹き出し、その場に倒れこんだ。

「……仲間じゃないのか？」

自分でも驚くほど低い声でスティーグに問いかける。

「なんですか？」

「彼はお前の仲間じゃないのかって聞いてんだよ‼」

「私がコレと仲間……？　止《や》めてくださいよ。冗談だとしても、こんな愚物が私の仲間と言われるのは、屈辱的ですので」

俺の質問に答えるスティーグは、地面に横たわっているゲイリーの頭を踏みつけながら、刀身に付着している血を布で拭ってから自身の収納魔導具に収納した。

人の命を奪った直後だというのに、そのことに何の感慨も抱いていなそうなスティーグを見て不快感が増してくる。

「……お前に人の心は無いのか？」

「ははは！　面白いことを言いますね。そんなものあるわけないじゃないですか」

「…………そうか、良く分かったよ。やはり教団は最低の人間の集まりだ！」

即座に【重力操作】を行使し、スティーグの立っている場所の重力を増大させる。

動くことは当然、腕を上げるのすら苦労するほどの重力で奴を拘束する。

それから脳内で構築した術式に魔力を流して魔術を発動させた。

【火槍《ファイアジャベリン》】が、スティーグを四方から挟み込むようにして襲い掛かる。

その光景に対して、スティーグは「ふむ……」と小さく声を漏らす。

火の槍は急所を避けているとはいえ、身体《からだ》を貫かれ高温に晒《さら》されればただでは済まない。

だというのに、奴は表情をつまらなそうなものに変えると、増大させた重力下をものともせずに右手を自身の胸の前まで持ってきた。

スティーグが手のひらを上に向けるように右手を開くと、突如【火槍《ファイアジャベリン》】が奴の右手へと軌道を変える。

それから火の槍は、スティーグに近づくにつれてその形を失っていき、遂《つい》には奴の手の平で灯《とも》っているかのように揺らめく炎へと変化した。

「まさかとは思いますけど、こんな児戯《じぎ》で私を無力化できるなんて、本気で考えてはいないですよね？」

「…………」

スティーグが右手を握りしめると、揺らめいていた炎がキレイさっぱり消え去る。

俺はスティーグの問いには答えずに、奴の一挙手一投足に最大限の注意を向けることしかできなかった。

下手に動いたら返り討ちに遭うことが直感的にわかり、冷や汗が頬を伝う。

奴の言う通り、今の攻撃で捕らえられるとは思っていなかった。

何らかの形で対処されるだろうと。

だからこそ、【火　槍《ファイアジャベリン》】に対処しているうちに接近して拘束する考えだったが、スティーグの先ほどの一連の動作には隙が一切見当たらなかったことに加えて、見たこともない現象を前に俺は一歩も動けなかった。

スティーグが何かをして、火の槍から単なる炎に変えたことは明らかだ。

だが、魔導具を使っているような様子も無いし、異能でも無い。

魔術を端的に説明すると、魔力が術式という命令を実行している際の現象のことだ。

今の現象はまるで、魔力に下されている命令を強制的に上書きしているような、魔術とは違う法則で魔力に干渉しているような、そんな感じだった。

俺はその法則を知っているような気がする。

喉まで出掛かっているはずのに、何かに阻まれているような感覚だ。

それを裏付けるように、これ以上は今の現象について考えるなと言わんばかりに、考えれば考えるほど頭の中にモヤがかかり、頭痛の主張が激しくなっていく。

今の俺は、【封印解除《カルミネーション》】によって、身体能力だけでなく五感もかなり鋭くなっている。

だというのに、スティーグの気配は奴が現れる直前まで感じ取れなかった。

それどころか、こうして今、目の前に居てもその気配は希薄だ。

それに加えて先ほどの魔術を無力化した現象。

この男の全てが俺の理解の外側に在る。

教団にはこんな化け物が居るのか……？

「なるほど、なるほど。ここまで歪んでいるんですか。確かにこれは利用したくなる気持ちも、わからなくはないですね」

「……なにを言っているんだ？」

「貴方には関係のない話なので気にしないでください。さて、やることも終わったので、これで帰らせてもらいますね」

「逃がすと思っているのか？」

「止めておくことをお勧めしますよ。今の貴方では、天地がひっくり返っても私を止めることはできませんから。それは貴方自身も、理解ができなくとも直感的にわかっているのではありませんか？」

「……っ……」

「賢明な判断です。あぁ、そうそう。これはお返ししますね」

スティーグはそう言うと、いつの間にか右手に握っていた小さな赤い魔石のようなものをこちらに放ってくる。

それを見たとき、全身に悪寒が走った。

その感覚を信じて目の前に魔力障壁を展開すると、その直後、赤い魔石のようなものが爆《は》ぜた。

直撃は避けられたが衝撃波と熱波が俺に襲い掛かってくる。

ここにきて、先ほどの赤い魔石のようなものの正体が分かった。

あれは先ほど俺が発動した【火　槍《ファイアジャベリン》】を圧縮して固めたものだろう。

今の爆発は、天閃のように圧縮したものを一気に拡散させたときのような魔力の動きだったから間違いない。

爆発によって周囲に発生した煙や土埃《つちぼこり》を、風系統の魔術で吹き飛ばす。

煙が消えると、そこにはスティーグと一緒に迷宮核も無くなっていた。

「……くそっ！」

自分の中に渦巻いている負の感情をどうにかやり過ごしてから、この場に唯一残されたゲイリーの亡骸《なきがら》の元へ向かう。

迷宮内で人が亡くなることは珍しいことではない。

人死にが出る時は、パーティが瓦解していることが多い。

そのまま残った人間だけでその状況を解決する場合もあるが、大抵は生き残った人間だけで撤退するだろう。

撤退時は亡骸を持ち帰る余裕は無いためその場に残されることになるが、それらの亡骸はしばらくすると迷宮に飲み込まれるらしい。

今俺が居る場所は迷宮ではあるが、既に迷宮核が無くなっていることから迷宮としての機能を失っている。

そのためこの場では亡骸が迷宮に飲み込まれることは無い。

《シクラメン教団》に与《くみ》する者は全て俺の敵だ。

そのため、ゲイリーも俺にとっては敵であることに変わりない。

でも、仲間に裏切られた上にこの場に放置されるなんて、流石に可哀《かわい》そうだ。

できることなら、きちんと埋葬してやりたい。

そう考えて、亡骸を持って帰るために大きめの布で彼を包もうとしたその時――。

「――っ⁉」

ゲイリーの傍から、紫色の魔力でできた棘《とげ》のようなものが撃ち出された。

油断していたため完全に回避はできず、左腕を深く抉《えぐ》られる。

地面を蹴ってゲイリーから距離を取り、抉られた左腕を魔術で治癒する。

「こんなことが、あり得るのかよ……」

あり得ない光景につい声が零れた。

今日一日で俺の常識ではあり得ないことが頻発している。

だが、その中でも今回のやつは、一番衝撃的なことだったかもしれない。

ゲイリーの身体を紫色の魔力が覆うと、死んだはずのゲイリーが、何かに引っ張られるようにして無理やり立たされていた。それは、まるで操り人形のように。

それから徐々に、彼の身体に変化が現れる。

露出している肌には所々に爬虫類《はちゅうるい》のような黒いウロコが現れ、見開かれた瞳孔は縦に長いモノへと変わっていた。

更に背中からは、真っ赤なローブを突き破って、竜種の魔獣のような翼と尻尾が生えている。

先ほど俺を攻撃してきた紫色の魔力でできた棘、そしてゲイリーの身体に起こった変化は、全て、黒竜の特徴と一致する。

これではまるで、黒竜の特徴を反映した人間だ。

そんなありえない存在が、俺の目の前に現れた。

（これは、〝魔人〟とでも呼べばいいのか？）

何故かわからないが、〝魔人〟という単語は妙にしっくりきた。

ゲイリーをこんな姿に変えたのは間違いなくスティーグだろう。

教団は黒竜の複製の研究をしている、的なことを《博士《オズウェル》》が言っていた。

もしかしたらゲイリーを突き刺したあの剣は、人を魔人に変える術式のようなものが刻まれた魔導具だったのかもしれない。

「ふざけるなよ、《シクラメン教団》……。殺された上に異形の化け物に変えられる、そんな理不尽なことがまかり通っていいわけないだろうが！」

目の前で起こった理不尽に怒りの声を上げる。

俺の声に反応したかのように、黒竜の魔人《ゲイリー》が、今にも倒れそうなほどフラフラな状態からは想像もつかないほどの速さで肉薄してくると、口を大きく開いて襲い掛かってきた。

距離を詰めてくるゲイリーに、左腕を軽く伸ばして距離感を摑《つか》む。

左手の指先がゲイリーに触れる瞬間に、突進の勢いを利用し、往《い》なすようにして彼の背後に回り込んだ。

そのまま地面に組み伏せようとしたところで、尻尾の先端が俺を貫こうと攻撃してきたため、それを躱しながら背後へと飛ぶ。

ゲイリーが即座に振り返ると、その口元には炎が圧縮されていて、それを炎弾として撃ち出してきた。

「……ちっ」

炎弾を躱すと、ゲイリーが再び肉薄してくる。

至近距離まで詰めてきたゲイリーが、俺に蹴りを叩きこんでくる。

それを左腕で受けるが、耐えきれずに後方へと蹴り飛ばされる。

受け身を取ってから再び左腕に回復魔術を掛けていると、上空から複数の魔力でできた槍が降り注いでくる。

「【伍ノ型《モント・フュンフ》】！」

右手で握っている長剣の魔剣《シュヴァルツハーゼ》を魔盾に変えてから、魔力の槍を防ぐ。

魔盾に接触した槍が爆発を起こし、俺の周囲に煙が舞う。

視界を確保するために周囲の煙を魔術で吹き飛ばすと、目の前に現れたゲイリーが、紫色の魔力を固めて作られた棍棒《こんぼう》のようなものを振るってくる。

「――っ⁉」

即座に【反射障壁《リフレクティブ・ウォール》】を発動して、振るわれた棍棒を跳ね返す。

棍棒の軌道が突然逆方向になったことで、ゲイリーは大きく体勢を崩していた。

「……【壱ノ型《モント・アインス》】」

魔盾を長剣の魔剣に戻してから、ゲイリーの両腕を斬り飛ばす。

その勢いのまま回し蹴りをゲイリーの腹部に叩きこんで、強制的に距離を空ける。

（……何を躊躇《ちゅうちょ》しているんだよ。今のゲイリーは尊敬していた探索者ではない。教団に所属している、俺の敵だ……！）

自分に言い聞かせるように心の中で呟く。

深層のフロアボスの特徴を反映しているといっても、所詮はまがい物だ。オリジナルには程遠い。

仮にゲイリーの意識が残っていたとしたら、人間の知性と魔獣の能力の両方を兼ね備えた面倒な敵になっていただろうが、今のゲイリーには生者の気配を感じ取れない。

これまでの攻防で、ゲイリーを仕留める機会はいくらでもあった。

だというのに、ゲイリーを仕留めることに対して、躊躇《ためら》っている自分がいる。

『――もう、殺してくれ……』

無駄な思考を切り落とすために深呼吸をしようとしたところで、まるでセルマさんの異能である【精神感応】のように、頭の中にゲイリーの声が響いたような気がした。

『俺が、ウォーレンを……？　なんで、あんなことを……』

再び頭の中にゲイリーの声が響く。

気のせいかとも思ったが、どうやら違うようだ。

その声音は己の行動を悔いるような、後悔の念の強いものだった。

「ゲイリー……？」

彼に声を掛けるも俺の声に対する反応は無く、腕の切り口からは新たな腕が生えた。

腕を取り戻したゲイリーが、再び俺に突っ込んでくる。

迫ってくる拳や蹴り、尻尾の攻撃を往なし、その隙を埋めるように発動される魔法を躱しながら、ゲイリーの心の声を聞き続ける。

――《金色の残響》の仲間たちが派手に活躍していて肩身の狭い思いをしていたが、仲間たちは自分が必要だと言ってくれていたこと。

――《アムンツァース》に仲間を殺され、自分の実力不足を呪ったこと。

——勇者パーティを立て直すのに実力不足の自分が居ては邪魔になると考え、自らウォーレンやアルバートと距離を取ったこと。

——自分たちを助けてくれた隻眼の剣士の部下を名乗る人物が現れ、教団に勧誘されたこと。

——力を求めて教団に入ったこと。

——教団に居た頃は、フィリー・カーペンターが良く話し相手になってくれていたこと。

——次第にウォーレンやアルバートへの劣等感を膨らませ、自分の実力や価値を証明するために教団の利になることを積極的に行ったこと。

——そして遂には、ノヒタント王国の国王やウォーレンを殺害し、王国と帝国の戦争を決定的なものにしたこと。

俺を殺そうと攻撃を繰り返す身体とは反対に、心は自分の死を望んでいて延々と自身の後悔を綴《つづ》っている。

ゲイリーのやってきたことは、決して赦《ゆる》されるものではない。

だが、多少は同情の余地もあるのではないかとも思う。

彼の心の声が真実であるなら、彼は短くない時間をフィリー・カーペンターと過ごしていたことになる。

それはツトライルの領主であるフォーガス侯爵と同じと言える。

だとすると、彼が劣等感を膨らませた最大の要因はフィリー・カーペンターの【認識改変】ではないか？

彼はその負の感情を利用されただけに過ぎない。

巨悪はフィリー・カーペンター――延《ひ》いては《シクラメン教団》だ。

俺の誓いは『理不尽なことがあろうと何も失わないように、どんな状況にあろうと大切なものを護れるくらい強くなる』ことだ。

しかし、俺は神ではない。

全てを失い、この誓いを立ててから十年以上が経っている。

これまでに数えきれないほどの出来事があって、次第に〝大切なもの〟が増えていった。

その全てを護ることはできないとわかっている。

だからこそ〝選択〟をしないといけない。

ゲイリー・オライルという探索者の足跡は、オルン・ドゥーラという探索者に一番影響を与えたものだ。

だから彼の足跡も俺にとって〝大切なもの〟と言える。

しかし、今のゲイリーが自分の意に反して暴れている以上、他の大切なものに危害を加える可能性が極めて高い。

この選択は間違えているのかもしれない。

それでも俺はこの選択を取る。

他の大切なものを護るために。

何よりも、尊敬する探索者がこれ以上苦しまなくて済むように。

「はっ、完全に身勝手な行動だ。本当に弱いな、俺は……」

自嘲するような声を漏らしながら、未《いま》だに連撃を繰り出しているゲイリーの攻撃を掻《か》い潜《くぐ》り、真正面からその胸にシュヴァルツハーゼを突き刺す。

シュヴァルツハーゼから手を離すと、ゲイリーの背中に生えていた翼や尻尾が黒い霧に変わり、力無く仰向けに倒れた。

異形の姿に変えられたゲイリーの瞳が初めて動き、その視線が俺に向けられていることがわかる。

彼は俺を視界に捉えると、顔を綻ばせながら、

『あぁ、そうか。お前が、そうだったのか……。ありがとう』

頭の中にゲイリーの穏やかな声が響いた。

「感謝されるようなことはしていません。俺はただ単に自分の都合を押し付けただけですから」

今回は俺の声が届いたのか、俺の返答にゲイリーが驚いたような表情をする。

『何故俺の心の声が……？　あぁ、そうだったな、《夜天の銀兎》には、【精神感応】の異能者が居たな。ははは……、これはお前らの誤算だろ、スティーグ、そしてフィリー』

何が可笑《おか》しいのかわからないが、ゲイリーは今の状況で笑っている。

その笑いが収まると、彼は真剣な表情で再び俺に語り掛けてくる。

『今も俺の声が聞こえているか？』

ゲイリーの問いに俺は頷く。

『もう時間が無いだろうから、端的に話す――』

そう話し始めたゲイリーは、魔獣が死んだときと同様に足元から次第に黒い霧に変わり始めていた。

『ダウニング商会の商会長、クリストファー・ダウニングと接触しろ。だが、このことが教団に知られれば全てが終わる。だからできるだけ人は介するな。このことは誰にも話すな』

ダウニング商会といえば、大陸全土に支店を持つ世界有数の商会だ。そこの商会長と接触することにどんな意味が……？

ゲイリーの意図がいまいちわからない。

しかし、彼は教団の幹部まであと一歩というところまで上り詰めた人物だ。

何やらこの世界には秘密があって、その秘密を知っている彼がそう言うということは、何かしら意味があるのだと思う。

『それともう一つ、お前は約十年前にフィリーと接触している』

「…………え？」

思いがけないゲイリーの言葉に、間抜けな声が漏れる。

（俺がフィリーと十年前に接触している……？　俺が彼女を見たのは昨年の教導探索《きょうどうたんさく》の翌日、探索者ギルドで黒竜について報告したあの場だけのはずだ。それ以前に彼女と会った記憶を俺は持っていない。これが事実だとするなら、それはつまり──）

『俺の言っている意味がわかるな？　自分の当たり前を疑え。それは歪められた真実である可能性が高い』

「……ぐっ……ぁ……」

ゲイリーの言葉を聞いた俺は、今までで一番大きな頭痛に苛《さいな》まれた。

頭が割れるように痛い。

これではまるで、これ以上考えることを頭が拒否しているようじゃないか。

『今は深く考えなくていい。だが、頭の片隅には置いておくことをお勧めする』

「どうして貴方は、こんなことを、俺に……？　先ほどの言葉からして、今の内容は教団にとって、マイナスなんじゃないですか？」

『……さて、どうしてだろうな。自分でもよくわからない。だけど、こんな俺でも真《ま》っ直《す》ぐ視てくれるお前に、応えたかったのかも知れない』

既にゲイリーの体の大半が黒い霧に変わっていて、あとは顔だけが残っている状態だった。

そんな彼は穏やかな笑みを浮かべると、最期の言葉を紡いだ。

『これからお前に待ち受けているものは、決して生易しいものではないだろう。だが、苦難に直面しても、どうか決して折れないでくれ。地獄からお前を応援している。頑張れ、後輩』

最期にそう告げてきたゲイリーは、黒い霧となって消え去った。

しかし、彼の足跡、そして彼の最期の言葉は俺の中に在り続ける、そう思いたい。

未だ激しい頭痛が続いている。

言葉を発することも億劫《おっくう》だが、それでも今は言葉を紡がないといけないと自分に言い聞かせ、頭の痛みを無視して口を開く。

「確かに、貴方の言葉を受け取りました。俺は、前に進み続けます。この先に何があろうとも。だから見守っていてください、先輩」

◇

しばらく頭痛が続いていたが、なるべくゲイリーから聞いた内容を考えないようにしたことで、ようやく動けるくらいには回復した俺は、すぐさま迷宮を後にした。

それからスケルトンが現れた場所に戻ると、そこには再び巨大な白骨の山ができていた。

しかし、オリヴァーの姿はそこには無く――。

「オルン！　無事か⁉」

俺の背後から聞きなれた女性の声がした。

振り返ると、セルマさんたち第一部隊の面々がこちらに駆け寄ってきていた。

そういえば、《翡翠の疾風》の人たちにツトライルに行き、セルマさんに伝言を頼んでいたな。

彼女たちはその伝言を聞いてすぐに駆けつけてくれたんだろう。

「オルンくん、大丈夫⁉　ケガはない⁉」

いち早く駆け寄ってきたルクレが、俺にケガが無いか確認してきた。

「あぁ、大抵のケガは魔術で治しているから外傷はないはずだ。心配してくれてありがとう」

「そっか、良かった。でも、念のため回復魔術を掛けとくね！」

ルクレはそう言いながら、魔術を発動させる。

【快癒《エクスヒール》】の温かい光が、俺の身体を包む。

「これ、オルンが一人でやったのか？」

続いて白骨の山を見上げたウィルが問いかけてくる。

「あー……、まぁ、そうだな。黒竜よりは楽に倒せた」

オリヴァーやゲイリーのことを話すことは憚《はばか》られたため、スケルトンを俺が倒したことにしておく。実際、多少の苦戦はあっただろうが、俺一人でも倒せただろうしな。

「流石としか言えないね。でも、こんな大きさの魔獣、どこからやって来たんだろう」

レインさんが疑問を呟く。

「その辺りは近いうちにわかると思うよ。どこまで話していいのかわからないから、今の時点で俺の口からは言えないんだ。ごめん」

この辺りは、ルシラ殿下が後でみんなに話すだろう。

そのために彼女はツトライルに向かったのだから。

「何はともあれ、オルンが無事でよかった。それと、ルーシーを護るために一人で戦ってくれたんだってな。ここに来る前に本人から聞いたよ。彼女の友人として礼を言わせてくれ。彼女を助けてくれてありがとう」

最後にセルマさんが、俺に礼を言ってくる。

「彼女の護衛を引き受けた以上、当然のことをしたまでだよ」

「ふっ、相変わらずだな、オルンは」

「とりあえず今は早く帰ろ！　オルンくんも疲れてるだろうしさ！」

「そうだな。帰ろうか」

こうして俺は改めてツトライルへの帰路に就いた。

◇

俺たちがクランの本部に帰ってくると、探索管理部に所属している団員の一人が探索者ギルドからの伝言を伝えてきた。

内容としてはギルドへの召還命令だ。

早速第一部隊のみんなと一緒にギルドへと向かう。

ギルドの建物の入り口までやってきたところで、《赤銅の晩霞》が別方向からギルドにやってきた。

「お、《赤銅《しゃくどう》の晩霞《ばんか》》じゃねぇか！」

それにいち早く気付いたウィルが彼らに声をかける。……なんか、デジャヴを感じるな。

「よぉ。最近はよく会うな。ま、交流会があったんだから、当然かもしれねぇが」

ウィルの声に反応したハルトさんが、人懐っこい笑みを浮かべながら近づいてくる。

「そっちもギルドに呼び出されたのか？」

セルマさんがハルトさんに問いかける。

「あぁ、そうだ。……なるほどねぇ、呼び出されたのは俺たちだけじゃなかったんだな。となると、この呼び出しは面倒な臭いがぷんぷんしてくるな。なぁ、やっぱ帰って良いか？」

《夜天の銀兎》も呼び出されたことを知ったハルトさんは、目に見えてテンションを下げると、隣に居たカティーナさんに帰って良いか質問していた。

「ダメに決まってるでしょ！　もしここでハルト団長が逃げて、ギルドから面倒なこと押し付けられたら、全部団長にやってもらうから！」

「そんなの横暴だ！」

「私たちに面倒ごとを押し付けようとしている団長の方が横暴でしょ！」

ハルトさんとカティーナさんが言い合いをしていると、フウカが俺の元へと駆け寄ってきた。

「オルン」

それから彼女は俺の名前を呼ぶと、ジッと俺を見つめてくる。

そんなに見つめられると気恥ずかしいのだが……。

「ん？　どうした？」

しばらく俺のことを見ていたフウカは、満足したのか視線を逸らしてから首をふるふると横に振ってから「何でもない」と口にする。

相変わらず彼女は表情の変化が乏しいから何を考えているのかいまいちよくわからない。

「こほん！　ここだと周りの人の迷惑になるから、ひとまず建物の中に入ろ？」

なおも言い合いを続けているハルトさんたちに、レインさんが割って入って二人を宥《なだ》めていた。

「はぁ……。しゃーねぇか」


それから《夜天の銀兎》と《赤銅の晩霞》が探索者ギルドの建物に入ると、ギルド職員であるエレオノーラさんによってとある会議室へと案内された。

その会議室には既に何人か入っていた。

人数は七人。

一人は俺たちを呼び出した張本人であるギルド長。

続いて軍服を着た《翡翠の疾風》の五人。

そして最後に、高貴さを損なうことなく身動きがとりやすいようにカスタマイズされたドレスに身を包んだ、ノヒタント王国の王女――ルシラ・N・エーデルワイス。

ルシラ殿下と目が合うと、彼女は安堵したような柔らかい表情を向けてくる。

俺たちが会議室に入ったところで、ルシラ殿下が口を開く。

「《夜天の銀兎》並びに《赤銅の晩霞》の皆様、この度はお忙しいところ急なお呼び立てにもかかわらずお越しいただきありがとうございます。私はノヒタント王国の第一王女、ルシラ・N・エーデルワイスと申します。本日は身勝手ながら皆様にお願いしたいことがあり、この場を設けさせていただきました」

ルシラ殿下の第一声に、探索者たちは緊張感を漂わせた。

それから彼女が語ったのは、昨日俺に話してくれた現在の王国の状況と、これから彼女がやろうとしていることについてだ。

「……王国北部で、魔獣の氾濫が起こっているのは事実？」

ルシラ殿下が話し終えると、すぐにフウカが口を開いた。

彼女の積極的な姿が少々意外に思える。言っちゃ悪いが、フウカはこういう内容にも我関せずだと思っていたから。

「はい。にわかには信じられない話だと思いますが、今話したことは全て事実です」

「氾濫を防ぐための迷宮攻略というわけですね。殿下、念のための確認ですが、『迷宮を攻略すること』、これはギルドも承諾済みであると考えてよろしいですか？」

続いてセルマさんが口を開く。

セルマさんの問いを受けたルシラ殿下は、ギルド長の方へ目配せすると、ギルド長は頷いてから口を開く。

「その点は問題ないよ。殿下からは既に打診を受けていて、探索者ギルドとして許可を出すつもりでいる。許可証は作成中だけど、明日までには対象の迷宮に対する攻略許可証は完成する見込みだ」

「そうですか。それなら《夜天の銀兎》は積極的に協力させてもらいます」

俺たちを代表して、セルマさんがルシラ殿下の依頼を受けることを伝える。

「ありがとうございます。しかし、セルマ。私は貴女《あなた》には別のことをお願いしたいと思っているのです」

「……別のこと、でしょうか？」

「はい。先ほども伝えましたが、私はこれから連合軍を組織するために会合の場に向かいます。そして、会談場所は王国東部——我が国の玄関口でもあるダルアーネとなります。そこで、セルマには私と同行してもらいたいのです」

ダルアーネはクローデル伯爵家が統治している王国の貿易の中心地だ。

　そして、クローデル伯爵はセルマさんやソフィーの父親でもある。

「貴女に嫌な思いをさせてしまうことは承知しています。ですが、今は貴女の力が必要なのです。どうか私とダルアーネに赴いていただけませんか？」

「…………」

　ルシラ殿下の言葉に、セルマさんは目を伏せる。

　直接聞いたことはないが、セルマさんと実家であるクローデル伯爵家の間に確執があることはなんとなく察している。

《黄昏《たそがれ》の月虹《げっこう》》の教導をする際に知ったソフィーの過去からの推測でしかないが、セルマさんとしばらく一緒に過ごしていても、これまで実家のことを話題に出すことは無かったからな。

　この場の全員がセルマの回答を待っているが、彼女は答えを出すのを躊躇っているように感じる。

だけどそれは、ダルアーネに行きたくないというよりは、彼女が抜けることで《夜天の銀兎》の活動に支障をきたすことを心配しているように感じた。

「セルマ、行ってきなよ」

　そんなセルマさんの背中を押すように、レインさんが声をかける。

「レイン？　しかし……」

「やっぱり家族とは向き合うべきだよ。向き合う機会があるなら尚更《なおさら》ね。この機会を逃したらもしかしたら二度と訪れないかもしれないよ？　家族が居ることは当たり前のことじゃないから。セルマには私と同じ思いをしてほしくない。私たちのことは心配しないで。セルマが抜けた穴は私がしっかり埋めるから！」

「ボクもレインさんの言う通りだと思う！　迷ってるなら行動するべきだよ！」

「だな。そんなウジウジしているのは姉御らしくねぇぞ。パパッと決断してそれを行動に移す、それがオレたちのリーダーだと思っていたんだが？」

レインさんの言葉に同意するようにルクレとウィルもセルマさんの背中を押す。

仲間が迷っているなら背中を押すべきだろ。

たとえそれが、自分たちにとって益にならない結果になったとしても。

それが本当の仲間だと思うから。

「みんなこう言っていることだし、ここはセルマさん自身の気持ちを優先するべきだと思うよ。勿《もち》論《ろん》、俺もセルマさんの選択を尊重する」

「……みんな、ありがとう。では、少しの間クランを不在にさせてもらう。私が居ない間、《夜天の銀兎》を任せたぞ」

「任せて！」「任された！」「おうよ！」「わかった」

「ルシラ殿下、そのご依頼謹んでお受けいたします。道中および外交では存分に私をお使いください」

俺たちの言葉を受けて、セルマさんはルシラ殿下とダルアーネに向かうことを決断した。

「ありがとう、セルマ。しばらくの間、よろしくお願いしますね」

「それで、私たちはどうするの、フウカ」

カティーナさんがリーダーであるハルトさんではなくフウカに問いかける。

それに対してハルトさんもヒューイさんも文句はないようで、フウカの答えを待っていた。

「私たちも受ける」

「わかった。――王女様、俺たちもその依頼受けさせてもらいます」

ハルトさんは、フウカが受けると決めると即座にその決定に従い、ルシラ殿下に赤銅も依頼に応じる旨を伝える。

「皆様、心からの感謝を申し上げます。お引き受けいただきありがとうございます。それでは続きまして、迷宮を攻略するパーティとツトライルを防衛するパーティについて皆様で話し合っていただけますか？　私はその決定に異議を申し立てませんので、ご自由にお決めください」

「王女殿下はああ言ってくれているが、もう決まってるようなもんだろ。オレたち《夜天の銀兎》が防衛、《赤銅の晩霞》が攻略でいいんじゃねぇか？」

役割分担について両者での話し合いが始まると、ウィルが真っ先に発言した。

確かにその分担が妥当だろうな。

防衛では氾濫が起こった際に他の探索者たちとも連携する必要がある。そうなれば、他にもいくつもパーティを抱えている《夜天の銀兎》の方が他の探索者たちを動かしやすいだろうから。

「それじゃあダメ」

ウィルの発言で、纏まりそうな雰囲気だったところにフウカが異を唱えた。

「赤銅が防衛を担当するってことか？　別にそれでも構わねぇが、他の探索者たちとの連携は上手くいくのか？」

ウィルがフウカに純粋な疑問をぶつける。

「ううん。他の探索者たちとの連携は《夜天の銀兎》に任せる」

「ん？　それじゃあ、俺が言った通りってことだよな？」

ウィルが戸惑いながら、頭にはてなマークを浮かべている。いや、ウィルだけでなく全員フウカが何を言いたいのかいまいち理解できていない。

「はぁ。フウカ、もう少し詳しく話してやれ。普段はそれでもいいが、他所《よそ》の人たちからしたらそれじゃあ意味わからねぇし、納得もできないだろ」

ハルトさんが見かねてフォローを入れる。

フウカはハルトさんの忠告を受けて一つ頷くと、少し考えるようにしてから再び口を開いた。

「……王女からの依頼は、状況に依存する防衛と、こちらのペースで進められる攻略に分かれてる。だから攻略は速度重視で臨むべき。攻略が早く終われば、あとはここに居るメンバー全員で防衛に集中できるから」

「……なるほど、一理あるね。だとすると、フウカちゃんは二つのパーティを混成にして、攻略のチームと防衛のチームに分けるべきだと考えているんだね？」

　レインさんが自分の理解で間違いないかフウカに問いかけると、フウカはこくりと頷く。

「それで、フウカの考える攻略のチームは？」

「速度重視であって殲滅力も必要であることから、私とオルンは確定。あとは私たちの全開戦闘にギリギリで付いて来られるハルトを加えた、三人で臨むのがベスト」

「その選出基準なら、その三人になることに異論は無い。だが、それだと全員前衛になるぞ？　不測の事態のことも考えて後衛も一人入れていた方が良くないか？」

　ウィルが前衛三人の構成に疑問を呈する。

「それなら問題ない。私の異能は【未来視】、ハルトの異能は【鳥瞰《ちょうかん》視覚】。私たちが居れば、大抵の状況把握は容易。そこに圧倒的な応用力を持ってるオルンが加われば、対処できない状況はまず訪れない。むしろこの三人で苦戦する状況だったら、他にここに居る誰かが入っていても状況は変わらない」

「うーん、悔しいけど反論できないね。わかった、それじゃあ攻略はオルン君、フウカちゃん、ハルトさんの三人に任せるよ。残りのメンバーでツトライルの防衛。みんな、それでいいかな？」

　フウカの演説を聞いたところで、レインさんがこの場の全員にそれで問題が無いか確認する。

　それ以上は異議を申し立てる人もおらず、

「話は纏まったようですね。それでは、オルン、フウカ、ハルト、迷宮の攻略をお願いいたします」

「承りました」「ん」「承知した」

俺はフウカ、ハルトさんと一緒に各地の迷宮を攻略していくことに決まった。

エピローグI　王を護《まも》る盾となるために

◇　◇　◇

オルンたちが探索者ギルドにて王女の依頼内容を聞いていた頃、オリヴァーはカヴァデールの雑貨屋を訪れていた。

「帰ったか。どうじゃった？」

店に入ってきたオリヴァーを見たカヴァデールが問いかける。

「アンタの推測通りだった。ファリラ村近くの迷宮が氾濫して、こちらに向かってきていた王女たちが襲撃を受けた」

「そうか。おぬしを行かせて正解じゃったな。これで王国が帝国軍相手に一方的に蹂躙《じゅうりん》される展開は防げたかのぉ」

「王女の存在はそんなに大きいのか？」

「帝国軍が相手では、王国軍が稼げる時間もそう長くない。早急に連合軍を組織するには、彼女を旗頭にするのが手っ取り早いと思っておるだけじゃよ。王女も同じ考えだからこそ、自らを駒としたのじゃろうしな」

「大局的な視点ってやつか。俺にはまだ、この結果がどの程度影響を与えるのか視《み》えないな」

「ほっほっほ。これについては経験を積んで養っていくしかない分野じゃからな。天才なら話は別じゃが」

「オルンみたいな、か？」

「オルンは〝天才〟とは少し違うのぉ。まぁ傍《はた》から見たら天才そのものじゃがな」

「……話が逸《そ》れたな。とりあえず、取引条件はこれでクリアということでいいのか？」

「うむ。問題無い」

「それなら渡してもらおうか、〝精霊の瞳〟を」

「……本当に良《い》いのじゃな？　シオンちゃんという前例はあるが、裏を返せば前例はその一件しかない。廃人になる可能性もあるんじゃぞ？」

「あぁ。リスクについては承知している。だが、この先の戦いでは精霊が視られなければ話にならないことはわかりきっている。それに、今はオルンよりも俺の方が強いが、アイツが力を取り戻せば今の俺では足手まといになる。こんなところで立ち止まっているわけにはいかないんだ」

「……わかった。それほどまでに覚悟を決めているのであれば、儂《わし》から言うことは何もない。場所を用意しているから付いて来てくれ」

　オリヴァーの覚悟を確認したカヴァデールは、オリヴァーを引き連れて雑貨屋の地下へと向かった。

そこは開発した魔術や魔導具の実験に使用している部屋であるため、ある程度の広さと耐久性を兼ね備えている。

オリヴァーが部屋の中心まで進んだところで、カヴァデールが自身の収納魔導具を操作すると、オリヴァーを囲うように高さ二メートルほどの六本の円柱が等間隔に現れた。

「その円柱で囲われた範囲内なら、いくら暴れても周囲への被害を気にする必要は無い。何の気兼ねもいらんぞ」

「恩に着る」

会話を終えると、カヴァデールが円柱の魔導具を起動させる。

円柱同士が共鳴し、魔力でできた障壁がオリヴァーを覆うように展開した。

それを確認したオリヴァーは頭に被《かぶ》っている兜《かぶと》を取って素顔を晒《さら》すと、右手に持つ黄玉《トパーズ》のような結晶――精霊の瞳を額の辺りに持ってくる。

それから何度か深呼吸してから、覚悟を決めた表情で精霊の瞳を砕く。

精霊の瞳の中に内包されていた濃密な魔力が周囲に漏れ始めたところで、オリヴァーは【魔力収束】を行使してその魔力を自身の左目に取り込んでいく。

直後、オリヴァーの絶叫が地下室内に響き渡る。

目の水分が沸騰しているかのような、視神経を通じて脳全体が焼き切れるような激痛は、オリヴァーにとって永遠にも感じた。

数分の時が経《た》つと、地下室は先ほどと打って変わって静寂が支配していた。

「はぁ……はぁ……はぁ……」

オリヴァーは左目を押さえて肩で息をし、よろけながらも自身の両の足で立っている。

「……オリヴァー、儂がわかるか？」

「……あぁ。ひとでなしのクソジジイ、カヴァデール・エヴァンスだろ？」

オリヴァーの失礼な物言いを受けたカヴァデールは表情を綻ばせる。

「ほっほっほ。それだけの軽口が叩《たた》けるなら何の心配もいらないようじゃな。見事じゃ、オリヴァー」

「これが、オルンやシオン、ルーナの視ている世界か……」

オリヴァーが左目を押さえていた手をどかして、視界に映る世界を視て感嘆の声を漏らす。

その瞳からは視認できるほどに高密度な黄金《おうごん》の魔力が漏れだし、魔法陣とは違う幾何学的な模様が浮かび上がっていた。

エピローグⅡ　果たされることのない約束

◇　◇　◇

ルシラ殿下がツトライルにやってきて俺たちに依頼をした翌朝、俺たち第一部隊のメンバーは、ルシラ殿下に同行することになったセルマさんを見送るために、寮のエントランスへとやってきていた。

「みんな、わざわざ見送りに来てくれてありがとう。しばらくクランから離れることになるが、これからのことを頼む」

セルマさんが俺たちにも見送りの御礼《おれい》を言ってくると、真っ先にレインさんが口を開いた。

「そんなの当然でしょ。セルマも王女様をしっかりサポートしてね！」

「あぁ、勿論《もちろん》だ」

「それにしても王女様直々に同行を依頼されるなんてね〜。ボクにとってセルマさんは頼りになるリーダーだから王女様もセルマさんに頼りたいんだろうね！　セルマさんの仲間として誇らしいよ！　大変だと思うけど頑張ってね！」

「そこまで言われるとくすぐったいな。でも、ありがとう、ルクレ」

「オルンも、もうここを発《た》つんだったか？」

会話の途中でウィルが俺に問いかけてくる。

「そうだね。探索者ギルドでフウカとハルトさんの二人と待ち合わせをしているから、合流のついでにギルド長から各迷宮の攻略許可証を貰《もら》って、そのままツトライルを出るつもり」

「そっか。オルン君も迷宮攻略大変だと思うけど、頑張ってね」

「ありがとう、レインさん。そっちも気が抜けない日が続くだろうけど、無理はしないようにな」

俺たちは、これからバラバラに動くことになる。

街に残るレインさんたちも、それぞれ奔走することになるだろう。

全員が再び揃《そろ》うのはしばらく先になりそうだけど、それぞれが目の前のことに全力で取り組んでいれば、そう遠くない未来で再び集まることも出来るだろうと思う。

「みんなこれから大変だと思うが、またこうして笑顔で《夜天《やてん》の銀兎《ぎんと》》として、第一部隊として、大迷宮の攻略に挑もう。私たちが次に集まった時、それは九十四層へと足を踏み入れる時だ。そして、私たちが次の勇者パーティになろう！」

セルマさんが凛《りん》とした表情で、これからの展望を口にしながら拳を前に突き出す。

「そうだね、そのためにもボクは街の防衛と同時進行で魔術の勉強も頑張る！　もう誰も傷つかせないように、もう誰も死なせないように！」

セルマさんの言葉を受けたルクレが、自身の拳をセルマさんの拳へと突き出す。

「勇者パーティ、か。それにはあまり興味は無いが、オレは『大迷宮を攻略する』って夢をアルバート《あのひと》から受け継いだからな。成し遂げるまでくたばるつもりはねぇよ。そんでもって、攻略するならこのメンバーしか考えられねぇ！」

「みんな、上ばかり見てないで、足元もきちんと見ることを忘れないでね。一歩一歩確実に進んでいけば、その道の先が『九十四層攻略』――延《ひ》いては『大迷宮攻略』に繋《つな》がっているはずだから！　だからみんなで一緒にその道を進んでいこう！」

続いてウィルとレインさんが、自身の想《おも》いを口にしながら拳を突き出す。

それから四人は、俺の方へと笑顔を向けてくる。

「……俺はこれから各地の迷宮を攻略してくるけど、それは俺の中で過程に過ぎない。俺の目的はフウカやハルトさんから新しいものを得て、自分の成長に繋げることだ。《夜天の銀兎》のエースとして、もっと強くなって帰ってくるよ」

俺も自分の想いを語りながら、四人の拳に自分の拳を添えた――。

あとがき

お久しぶりです。都神《とがみ》です。

本書をお手に取っていただきありがとうございます。

第五巻は如何《いかが》だったでしょうか。

多少なりとも読者様の感情を揺さぶることができたのであれば、とても嬉しく思います。


今までのあとがきでは物語本編に触れるものが多かったので、今回は少し趣向を変えて、裏（？）の話をしようかと思います！

というのも、本書の執筆を通して、改めて編集担当である庄司《しょうじ》さんの偉大さをしみじみと感じたからです。

裏表紙のあらすじでも書かれているのでご存じの方が多いとは思いますが、拙作は『小説家になろう』様に投稿している内容（以降、ＷＥＢ版）をベースに改稿を重ね、こうして書籍というかたちで世に出させていただいております。

本書の内容も、ＷＥＢ版の第五章がベースになっています。しかし、ＷＥＢ版の方は執筆している私が「迷走しているなぁ」と思ってしまうほどに、内容があっちにこっちに行ってしまって軸がブレブレになっております（笑）。

それに対して、本書は軸がしっかりとした物語となっていて、私的には満足のいく出来になりました。

本書の内容は私一人では間違いなく書けなかったもので、庄司さんの助言があったからこそと思っています。今回の執筆を通して私自身成長できたなと感じるとともに、編集者さんという存在のありがたみを強く感じたので、こうしてあとがきで触れさせていただきました。

ありがたいことに第六巻も刊行していただけるとのことで、このあとがきを書いている現在も、第六巻の原稿を鋭意執筆中です。

ちなみにですが、第六巻も庄司さんに助言をいただいてＷＥＢ版とは違う展開となっております。書籍版を正史とはしていますが、書籍版とＷＥＢ版で大きな設定の違いはありませんので、ＩＦストーリーということで、お手すきの際にでもＷＥＢ版の方も覗いてみてください！

本作のコミカライズについて。

よねぞう先生の素敵な作画で描かれている本作のコミカライズ版ですが、二〇二三年九月八日に第八巻が発売予定となっております！　また、『水曜日のシリウス』様にて毎週月曜日に更新されておりますので、コミカライズ版もご確認のほどよろしくお願いいたします。

以降、謝辞となります。

きさらぎゆり先生、毎々のことながら素敵なイラストを描いてくださりありがとうございます。どのイラストも最高でしたが、個人的にはフィリーの悪い笑顔がツボでした！

担当編集の庄司さん、前述の通り今回も大変お世話になりました。初稿から全体的に改稿することとなりましたが、最後までお付き合いいただきありがとうございました！

その他にも本書の刊行にご尽力くださったすべての方々に感謝申し上げます。

そして最後に読者様、改めてになりますが本書をお手に取ってくださりありがとうございました！

第六巻で再びお会いできることを祈っております！

都神《とがみ》 樹《いつき》

あとがき

5巻発売おめでとうございます！
もう5巻と思うとはやいです…！
季節が冬になり、服装が少しマイナーチェン
している登場人物もいます。
ルシラちゃんは肩を出したドレス姿ですか
王城はあたたかいはずなので大丈夫です

勇者パーティを追い出された
器用貧乏
～パーティ事情で付与術士を
やっていた剣士、万能へと至る～

Kラノベブックス

勇者《ゆうしゃ》パーティを追《お》い出《だ》された器用貧乏《きようびんぼう》5
～パーティ事情《じじょう》で付与術士《ふよじゅつし》をやっていた剣士《けんし》、万能《ばんのう》へと至《いた》る～

都神樹《とがみいつき》

2023年7月31日第1刷発行

発行者	森田浩章
発行所	株式会社 講談社 〒112-8001　東京都文京区音羽2-12-21
電　話	出版　(03)5395-3715 販売　(03)5395-3608 業務　(03)5395-3603
デザイン	ムシカゴグラフィクス
本文データ制作	講談社デジタル製作
印刷所	株式会社KPSプロダクツ
製本所	株式会社フォーネット社

KODANSHA

ISBN978-4-06-532814-9　N.D.C.913　259p　19cm
定価はカバーに表示してあります

ファンレター、
作品のご感想を
お待ちしています。

あて先
〒112-8001　東京都文京区音羽2-12-21
(株) 講談社　ライトノベル出版部 気付
「都神樹先生」係
「きさらぎゆり先生」係

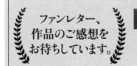